Lichte Höhe

Hans Hohlbein

Lichte Höhe

Bibliografische Information der Deutschen Nationalbibliothek:
Die Deutsche Nationalbibliothek verzeichnet diese Publikation
in der Deutschen Nationalbibliografie; detaillierte bibliografische
Daten sind im Internet abrufbar über:
< http: // dnb.d-nb.de >

© 2008 Hans Hohlbein
Umschlagdesign: www.hennicke-design.de
Satz, Herstellung und Verlag:
Books on Demand GmbH, Norderstedt
ISBN: 978-3-8334-7586-3

Inhaltsverzeichnis

Die Rathaustreppe

Das werktätige Volk der kleinen Republik hatte sich wieder einmal mit einem großen Partei-Plenum zu beschäftigen. Solche Sondersitzungen der Einheitspartei folgten stets in numerischer Reihenfolge und hatten entweder einen wirtschaftspolitischen oder einen kulturpolitischen Schwerpunkt zum Inhalt. In beiden Bereichen gab ausschließlich die Partei der Arbeiterklasse den richtigen Weg zum Ziel vor.

Thema der anstehenden Tagung war die Wirtschaftspolitik. Tagungsort war diesmal nicht wie üblich Berlin, sondern das Chemiedreieck Halle-Leuna-Bitterfeld. Auf diesem Areal befand sich das gigantischste Chemiezentrum der kleinen DDR und ein unendliches Geflecht vor sich hin dampfender Rohrleitungen prägte das industrielle Landschaftsbild. Eine große Anzahl friedlich rauchender Schlote, wie sie aus Dokumentarfilmen der 50er Jahre in Erinnerung sind, ragten hier in den bleiernen Himmel und ließen der Sonne keine Chance, die graue Wolkendecke zu durchbrechen.

Inmitten dieser Bitterfelder Geruchsküche wurde der wertvolle Rohstoff Erdöl nach allen Regeln der Kunst seinen chemischen Prozessen zugeführt, um daraus *Plaste* und *Elaste*, Benzin oder auch kosmetische Produkte herzustellen. Aus unerklärlichen Gründen gab es jedoch Disproportionen innerhalb der Produktionspalette der großen Chemiekombinate. Und genau dieses Ungleichgewicht bei der Petrolraffinierung musste sich in negativen Schallwellen bis an das Ohr der Genossen des Politbüros vorgearbeitet haben. Letztlich gab dieses Hindernis auf dem Weg zum Sieg auch den Anstoß für die eilige Einberufung einer großen ZK-Tagung in Halle / Leuna.

Solch ein Ereignis war der Startschuss für alle Medien, deren leitende Mitarbeiter sich ausschließlich damit beschäftigten, Akkreditierungen ohne Ende rechtzeitig auf die Reihe zu bekommen. Auch mehrere Reportageteams des DDR-Fernsehens verließen technisch hoch gerüstet Berlin, um mit großem Aufgebot die Partei in das richtige Licht zu setzen.

Ich selbst hatte alles daran gesetzt, um separat mit dem Privat-PKW eines befreundeten Kamerakollegen mitzufahren. Im Duo waren wir beide ein eingespieltes Team und das bezog sich nicht nur auf die Reportagearbeit, sondern auch auf viele Kapriolen, mit denen wir den Arbeitsalltag hin und wieder aufgemischt haben. Wir konnten bereits auf eine stattliche Anzahl äußerst unterhaltsamer Geschichten zurückblicken, obwohl sich diese kleinen Streiche oftmals an der Grenze des damals Möglichen bewegten. Schließlich gehörten wir dem Kollektiv der *Aktuellen Kamera* des DDR-Fernsehens an und einige dieser närrischen Einfälle hätten, wären sie in der Machtzentrale gelandet, das berufliche und gesellschaftliche Aus für uns beide bedeutet.

Glücklicherweise aber verbreiteten sich diese Geschichten ausschließlich unter den Kollegen, die für *diese* Art Humor offen waren, und solche hat es letztlich auch gegeben.

Jetzt, auf dem Weg nach Halle, waren wir frohen Mutes bei dem Gedanken an bevorstehende Ereignisse am Rande des unfehlbaren Parteiapparates. Welch kapriziöse Einfälle wir allerdings diesmal haben würden, stand noch in den Sternen. Ebenso wenig ahnten wir, dass sich bereits wenige Stunden nach unserer Ankunft im Hotel »Chemnitzer Hof« eine Chance auftat, dem strengen Protokoll ein erstes Schnippchen zu schlagen: In diesem Hotel waren außer uns Journalisten auch alle Aufpasser der gesamten Politprominenz untergebracht und damit drohte uns ein erster gemeinsamer Abend mit den so genannten *Sicherheitsnadeln*. Als zwangloser Treff deklariert, fand dieses lockere Meeting in der Hotelbar statt, bedeutete aber für uns vorerst äußerste Zurückhaltung im Alkoholkonsum. Es war schon eine skurrile Mischung – wir, die Akkreditierten der Medien, und sie, die Bodyguards des ZK. Wenngleich der reichliche Alkoholgenuss hier und da allmählich die Konturen verwischte, löste sich damit nicht im Geringsten die Wachsamkeit unserer Gastgeber auf. Für uns ein optionaler Ansatzpunkt, von ihnen etwas über den Ablauf des morgigen Tages zu erfahren. Da wir unser Gegenüber allzu gut kannten, wussten wir, wie schwer es sein würde, ihnen Dienstgeheimnisse zu entlocken, die eigentlich strengster Schweigepflicht unterlagen.

Das sollte sich bald ändern, denn nach dem fünften doppelten Wodka hatten wir das Ressort Geheimhaltung bereits etwas unterwandert und erfuhren von unseren Aufpassern, dass der eigentliche Gastgeber die Bezirksleitung der SED war. Der Genosse Horst Sindermann, erster Sekretär der SED-Bezirksleitung Halle, der selbst einmal Journalist war, hatte großzügig diesen Abend gesponsert. So ließen wir es uns auf Kosten der Partei, der wir *nicht* angehörten, wohl sein, vergaßen dabei aber nicht, immer wieder den morgigen Tagesablauf ins Spiel zu bringen.

Die bevorstehende Sondersitzung des ZK sollte im historischen Rathaus von Merseburg auf den sozialistischen Weg gebracht werden. Für uns beide war klar: Wir hatten *vor* dem Eintreffen der ZK-Delegation dort zu sein. Wie aber würde es uns gelingen, von unserem Hotel in Halle über die abgesperrte Strecke nach Merseburg zu gelangen, und das in einem Privat-PKW?

In penetranter Aufdringlichkeit versuchten wir, die leicht alkoholisierten *Sicherheitsnadeln* dahingehend auszuhorchen, was wohl für uns in Sachen Reiseroute rauszuholen wäre. Ganz wohl war uns dabei nicht, zumal auch die Gefahr bestand, dass sie unser Ausspionieren anders auslegen könnten. Aber mit der voranschreitenden Abendstunde steigerte sich auch der Alkoholkonsum der auf Sicherheit bedachten Genossen, die letztlich von Wodka zu Wodka sichtbar aufgeschlossener wurden.

Nachdem auch wir ausreichend auf das Wohl der Parteiführung angestoßen hatten, kamen wir unserem Ziel näher und einigten uns schließlich darauf, unter dem Geleitschutz des Sicherheitskonvois an unser Ziel zu gelangen. Der letzte Doppelte besiegelte die Abfahrtzeit und wir taumelten angeschlagen, aber wesentlich erleichtert zum Fahrstuhl.

Am kommenden Morgen waren wir beide pünktlich im Auto meines Kollegen und nahmen hinter der Reihe der schwarzen Limousinen Aufstellung. Der Konvoi setzte sich in Bewegung und es ging in rasender Fahrt in Richtung Halle. Schneller und sicherer als auf dieser abgesperrten Strecke sind wir wohl nie wieder Auto gefahren und so landeten wir in kürzester Zeit vor dem Rathaus in Merseburg.

Dieses wunderschöne historische Gebäude war ebenfalls ringsum abgeriegelt und lediglich das von den Betrieben freigestellte werktätige Volk war an den Absperrseilen aufgereiht worden. Mit kleinen Papierfähnchen und einigen Transparenten in der Hand warteten sie auf ihr Kommando zum Jubeln, bis das Eintreffen der ersten schwarzen Blaulichtlimousinen leichte Regungen im Volk aufkommen ließ.

In kurzem Abstand zum Konvoi fuhr auch unser *Polski Fiat* zügig vor den Eingang des Rathauses. Mein Kollege Dieter bremste abrupt, sprang aus dem Wagen und riss die hintere Fahrzeugtür auf. Ich – in Anzug und Krawatte – hatte nach kurzem Zögern sofort begriffen und stieg langsam und erhaben aus dem Fond des Wagens. Als sei ich ein Mitglied des Zentralkomitees, schritt ich lächelnd und nach allen Seiten hin leicht nickend in erhabener Haltung die Treppe zum Rathaus hinauf. Freundliches Winken und Fähnchen Schwenken begleitete meinen Treppengang, während sich mein Kollege mit seinem Fahrzeug dem parkenden Konvoi anschloss.

Obwohl ich nicht der Partei der Arbeiterklasse angehörte und schon gar nicht Mitarbeiter des ZK war, hatte ich dank meines Kollegen Dieter einen unvergesslichen Auftritt vor den unten aufgereihten Vertretern der Arbeiterklasse.

Die Leunakonferenz

Mit großem Technikaufgebot rollte ein Kollektiv der *Aktuellen Kamera* des DDR-Fernsehens vor das alte historische Rathaus von Merseburg. Der Auftrag lautete, der Parteiführung bei der Bewältigung eines aktuellen Problems über die Schulter zu sehen. An der Seite der Kollegen des *Berliner Rundfunks* und der Presse war auch ich mit meinem AK-Team dem Ruf des ZK der SED gefolgt. Die Partei, die immer Recht hatte, wollte in der anstehenden Chemietagung unter Beweis stellen, dass sie für *alle* Probleme eine Lösung kannte.

Im großen Saal des Rathauses wurde die gesamte Technik installiert und zusammen mit den Werktätigen aus dem *Leunakombinat* warteten wir im gefüllten Saal auf unseren großen Einsatz. Unter den Tagungsteilnehmern war gedämpftes Murmeln zu vernehmen und besonders unter den Betriebsdirektoren in der ersten Reihe des Konferenzraumes stieg die Spannung ins Unermessliche, denn sie schienen zu ahnen, dass etwas in der Luft lag.

Plötzlich öffneten sich die am Ende des Raumes gelegenen großen Saaltüren. Jegliche Unterhaltung verstummte augenblicklich. Durch die weit geöffneten Flügeltüren schritt, *Seit an Seit* in Zweierreihe, das gesamte Politbüro des ZK der SED – und in der Mitte der ersten Reihe der Genosse Vorsitzende Walter Ulbricht.

Die geschlossene Formation hatte sich gerade etwa zwei bis drei Meter von der Saaltür entfernt und schritt auf die vorderen Sitzreihen zu, als inmitten der spannungsgeladenen Stille eine knarrende Männerstimme »Ton ab!« rief.

Hinter meiner Kamera sitzend, schreckte ich augenblicklich zusammen, denn die Kommandostimme kam von meinem hinter mir stehenden Tonmeister Kalle und galt dem Start von Kamera und Ton. Einen Augenblick lang wünschte ich, das Parkett unter mir gäbe nach und ich könnte in der Versenkung verschwinden, um den strafenden Blicken Ulbrichts auszuweichen.

Ein leichtes Zucken im ersten Glied der ZK-Reihe war die unvermeidliche Folge und an den aufblitzenden Gläsern der Nickelbrille des großen Vorsitzenden merkte ich, dass er sich kurz zu uns eingedreht hatte. Glücklicherweise entdeckte er meinen Kollegen Kalle Bäumel, der ihm aus vorangegangenen protokollarischen Veranstaltungen nicht unbekannt war. Beruhigt, dass es *nur* die Fernsehleute waren, schritt er zielgerichtet auf das Rednerpult zu und ich konnte unter seinem Spitzbart sogar ein kaum wahrnehmbares Schmunzeln erkennen.

Nach dem Begrüßungsbeifall begann der Genosse Vorsitzende die ersten Sätze seines Referates wie üblich vom Blatt abzulesen. Sehr weit aber kam die sächsische Fistelstimme in ihrem monotonen Vortrag nicht, denn für alle unerwartet schob der Genosse Ulbricht plötzlich die vor ihm liegende Manuskriptseite in die äußerste Ecke seines Pultes. Er richtete sich auf und begann, mit erhobenem Zeigefinger auf und ab fahrend, auf die Delegierten in belehrendem Tonfall einzureden.

Mit ansteigender Stimme wandte er sich an die vorderen Reihen, in denen einige Kombinatsdirektoren saßen, und kritisierte besonders hart die Arbeit der Kombinate bei der Umsetzung der Richtlinien der Partei in der Verwirklichung des Chemieprogramms. An alle Direktoren gewandt, fuhr er lauter werdend fort: »Und ihr, Genossen, seid zu mir gekommen und habt gejammert, ihr braucht Erdöl, um das Programm verwirklichen zu können. Und was hab ich gemacht? Ich bin zum großen Bruder nach Moskau gefahren und habe ihm gesagt, dass ich Erdöl brauche. Schließlich hat er eingewilligt und ihr habt euer Öl bekommen. (Pause) Was aber habt ihr mit dem Erdöl gemacht? Ja, ihr habt Benzin daraus gemacht, ja, und das war dann alles. Aber wie ihr eigentlich wissen müsstet, ist Benzin ein Nebenprodukt bei der Raffinade des Erdöls. Aus dem wertvollen Rohstoff kann man viele andere wichtige Chemieprodukte herstellen, die wir dringend brauchen. Aber ihr, ihr macht daraus nur Benzin!«

Mir war aufgefallen, dass bereits nach wenigen Sätzen des *freien* Ulbricht-Referates ein Knacken in der Tonleitung zu hören war. Unsere Filmkamera lief zwar weiter, aber ohne Tonaufzeichnung. Ratlos und Hilfe suchend sah ich zum Kollegen Bäumel, weil ich das »Ton aus!« von ihm erwartete, der aber hatte sein Tongerät bereits abgeschaltet. Ich glaube, diesmal befürchtete er, dem ungewöhnlichen Vortrag des Genossen Vorsitzenden durch sein lautstarkes Kommando ein vorzeitiges Ende zu setzen. In diesem Falle wollte ich mir die Folgen für ihn nicht ausmalen und schaltete verunsichert meine Kamera aus, obwohl Ulbricht weiter referierte.

Die aufgestellten Mikrofone dienten neben unserer Tonaufzeichnung auch der Liveübertragung für den Rundfunk und diesem hatte man offensichtlich den Ton gekappt, obwohl es jetzt für jeden Radiozuhörer brisant geworden wäre.

Im Verlauf der freien Rede war nicht zu übersehen, wie einige Kombinatsdirektoren tiefer in ihre Sessel gerutscht waren, besonders als der Genosse Vorsitzende mit dem Finger auf sie zeigte und ihre Namen nannte. Es folgte eine Reihe kritischer Vorwürfe und jeder Anwesende ahnte, dass am Ende die Ablösung dieser Direktoren bevorstehen würde.

Dass man aus Erdöl weit mehr als Benzin herstellen konnte, hatte auch ich jetzt begriffen. Was ich aber weniger verstand, war, warum eine solche Erkenntnis nicht durch die Macht der Medien für alle zugänglich gemacht wurde. Dass Menschen Fehler machen, daran hatte auch ich nie gezweifelt. Kombinatsdirektoren jedoch waren in erster Linie Genossen ihrer Partei und diese machte bekanntlich keine Fehler.

Schweigend hinter meiner Kamera sitzend, dachte ich über diesen dialektischen Zusammenhang länger nach. Resümierend schlussfolgerte ich, dass sich jeder Genosse diesen Anforderungen zu stellen hatte, auch wenn es ihm den Sessel kostete, denn Fehler durfte es nicht geben, zumindest nicht vor der Öffentlichkeit. Darüber wachte das Auge der Partei, das niemals schlief, dem keine Schaltstelle des gesellschaftlichen Lebens entging und das auch an diesem Tagungsort die Regie führte. Wie sonst sollte ich mir die plötzliche Funkstille erklären.

Mir ist nicht bekannt, was der Rundfunk überhaupt von Ulbrichts Vortrag gesendet hat. Wir haben später aus dem vorhandenen Bildmaterial eine kurze Filmnachricht für die *Aktuelle Kamera* zusammengeschnitten. Der Zuschauer hat in diesem Beitrag nicht erfahren, welch schöne Dinge sich aus Erdöl herstellen lassen.

Das Fotolabor

Meine 18 Monate dauernde Armeezeit absolvierte ich als Funker der fünften Kompanie eines Nachrichtenbataillons in der Einöde der mecklenburgischen Weiten. Eine Kompanie bestand im Durchschnitt aus 120 Soldaten, die einem halbjährlichen Wechsel zwischen Abgängern und Neuzugängen unterworfen waren. Die Neueinberufenen, *Spritzer* genannt, hatten neben dem Einkleiden und Wäsche Abfassen weitere Torturen, wie beispielsweise das Ausstellen eines Wehrpasses, zu überstehen – und dazu musste von jedem Soldaten ein Passfotos angefertigt werden.

Mein beruflicher Werdegang schien in der kulturpolitischen Führungsspitze des Bataillons nicht in Vergessenheit geraten zu sein, denn ich wurde, da ich ausgebildeter Fotograf war, per Befehl zum *Belichter* dieser Passaktion bestellt und damit begann für mich der graue Armeealltag einen etwas anderen Verlauf zu nehmen.

Zunächst musste ein *Fotoatelier* gefunden werden. In dem kleinen Kulturpalast der Einheit gab es genügend Räumlichkeiten, ein Fotoapparat war vorhanden und mit Hilfe eines alten Scheinwerfers gelang es mir, an einem einzigen Tag eine stattliche Anzahl von Neuzugängen aus den verschiedenen Kompanien abzulichten. Für die logistische Bewältigung waren mir zwei kompetente

Mitarbeiter zur Seite gestellt worden, ein Regisseur und ein Kameramann.

Um der Sache einen besonderen Kick zu verpassen, zelebrierten wir das Fotografieren der *Spritzer* auf einem unseren Vorstellungen entsprechenden Niveau: Wir schoben unsere »Opfer« nicht einfach gruppenweise vor die Kamera, sondern räumten jedem Einzelnen die Möglichkeit der ganz individuellen Portraitierung ein. Unbefugt fragten wir die schüchtern vor der Kamera sitzenden Neuankömmlinge nach Dingen, die nicht im Entferntesten etwas mit dem Wehrpass zu tun hatten. Für den befreundeten Regisseur dürfte dies eine Art Ersatz-Casting gewesen sein, für mich und meinen Kamerakollegen war es hingegen eine vergnügliche, wenn auch riskante Abwechselung. So entlockten wir unseren Probanten so manch private Geschichte, stellten ihnen unsinnige Fragen, entwickelten in diesem Spiel eine eigene Dynamik und arbeiteten als Nebeneffekt einen Zeitgewinn heraus. Je mehr Zeit wir mit dem Fotografieren verbrachten, desto mehr blieben uns die Anmaßungen des grauen Armeealltags erspart.

Wenn auch anfangs unbeabsichtigt, so dauerte manche Fotositzung doch ungebührlich lange. Mal war es ein interessantes Gesicht, mal ein ungewöhnlicher Beruf, der uns unsere eigentliche Aufgabe vergessen ließ, in jedem Falle aber wurde ein Passfoto angefertigt und beim Abfragen von Personaldaten weckte der eine oder andere mit seiner ganz persönlichen Geschichte unser Interesse. Mein Regiekollege machte sich Notizen, wenn ihm die Erzählung eines Soldaten als Vorlage für ein späteres Drehbuch besonders geeignet erschien. Nahm ein solches

Gespräch viel Zeit in Anspruch, so wurden die fehlenden Minuten durch »Schnellschüsse« bei den anderen wieder eingeholt.

Nach etwa zwei Tagen waren alle Kompanien auf Zelluloid gebannt. Aber wie sollte es weitergehen? Wie konnten wir die Bilder fertigstellen, ohne die Filme irgendwo in Auftrag geben zu müssen? Die Lösung lag auf der Hand: Ein Fotolabor musste aufgebaut werden.

Unser Atelier lag im ersten Stock des Kulturhauses und direkt im Anschluss befanden sich zwei kleine Räume, die – nur durch eine schmale Tür voneinander getrennt – wie Durchgangszimmer angeordnet waren. Diese Räumlichkeiten konnten wir nutzen und so beschlossen wir, das erste der beiden Zimmer als Aufenthaltsraum mit einer Couch, zwei Sesseln und einem kleinen Tisch auszustatten. Der sich anschließende noch kleinere Raum sollte als Fotolabor eingerichtet werden. Mobiliar für unseren Aufenthaltsraum war vorhanden, aber für ein Fotolabor fehlte uns die Ausrüstung. Um diesen Engpass zu beheben, bot mein Kamerakollege seine Hilfe an, denn er hatte einen privilegierten Posten, er chauffierte den Dienstjeep eines Stabsoffiziers. Ein entsprechender Fahrauftrag wurde ihm ausgestellt und schon ging es ab in die nahe gelegene Bezirksstadt Neubrandenburg zur Materialbeschaffung.

Alles, was wir zur Herstellung von Schwarzweiß-Fotos brauchten, musste dort gekauft werden: Dosen, Schalen und Zangen aus Plastik, Entwicklersubstanzen, Fixiersalz und Netzmittel, Fotopapier und Filmmaterial. Eine Trockenpresse musste her und natürlich auch ein Papierschneider. Dunkelkammerbeleuchtung in Form von roten und gelblich-grünen Glühbirnen war ebenso notwendig wie ein paar große Fotobirnen für die Studiobeleuchtung. Den Jeep mit all diesen Utensilien voll gepackt, fuhren wir zufrieden zurück und richteten unser Labor ein.

Die nicht unbeträchtliche Anzahl von Passfotos, die wir erstellt hatten, verschlang eine Menge an Entwicklersubstanzen – und dies hatte einen überraschenden Nebeneffekt. Die Fotochemie wollte es, dass zur Herstellung einer Entwicklerlösung zwei getrennt voneinander abgepackte Chemikalien mit Wasser vereint werden mussten. Bei der Verpackung hatte sich der Hersteller etwas ganz Besonderes einfallen lassen: Handelsüblich waren braune Schraubgläser, in deren Öffnung ein zweites farbloses zylindrisches Glas lose eingesetzt war. Im größeren braunen Glas, dem Teil **A**, befand sich das Metol, die Entwicklersubstanz. In dem kleineren Zylinderglas, dem Teil **B**, befand sich der Beschleuniger, die alkalische Substanz. Beide mit Wasser vermischt, ergaben die Entwicklerlösung. War also die Einfüllmenge des braunen Glases größer, so war auch das Zylinderglas größer und umgekehrt.

Nach geraumer Zeit war eine stattliche Anzahl von kleineren und größeren Zylindergläsern zusammengekommen, die eigentlich, ebenso wie die braunen Schraubgläser, entsorgt werden mussten. Bei genauerer Betrachtung dieser Zylindergläser hatten wir jedoch plötzlich eine Eingebung: Das dünne Glas und die schlichte gerade Form mit dem abschließenden kleinen gewölbten Rand erinnerten uns an Trinkgefäße. Um es kurz zu machen: Es waren die idealen Schnapsgläser.

Alkohol war grundsätzlich während der Dienstzeit verboten, umso mehr wurden stets aufs Neue Schleichwege gefunden, wenn es darum ging, Alkohol zu besorgen. Selbst der mit einem roten Kreuz versehene Sanitätskraftwagen, *Sanka* genannt, bewährte sich in vielen Fällen beim Einschleusen geistiger Getränke.

Als die Idee mit den Schnapsgläsern geboren war, wurden diese gut gereinigt und in ein kleines Wandschränkchen unseres Fotolabors eingeschlossen. In diesem Schrank bewahrten wir sonst nur Fotopapier auf. Der kleine schwarz gestrichene Wandschrank wurde zusätzlich mit der weißen Aufschrift »Nur bei völliger Dunkelheit öffnen« versehen und damit war jede Art einer Schrankkontrolle von vornherein ausgeschlossen.

Es sollte nicht unerwähnt bleiben, dass der ästhetisch kulturvolle Anblick der Gläsersammlung bereits nach wenigen Tagen durch ein rundes silbrig glänzendes Tablett stilvoll ergänzt wurde. Diese kleinen runden Tabletts gab es, genau wie bei den Zylindergläsern, in zwei Größen und das hatte ebenfalls etwas mit der Einfüllmenge zu tun, nur stammten diese Metalldeckel von Fixiersalzbüchsen. Diese Blechbüchsen waren außen mit einem farbigen Aufdruck versehen und innen silbrig weiß, aber besonders der mit einem etwa einen Zentimeter hohen Rand versehene Deckel hatte uns auf die Idee des Tabletts gebracht. Damit gab es in unserem Wandschrank große und kleine Tabletts für drei oder sechs Gläser, die darauf warteten, gefüllt zu werden.

Verbotenen Alkohol so stilvoll zu kredenzen, das übertraf all unsere Erwartungen und so kultivierten wir von nun an unsere Trinkgewohnheiten, denn der kleine Raum vor dem Fotolabor hatte dafür das richtige Ambiente. Der dunkle Wandschrank des Labors war unser sicheres Depot, aus dem keine Flasche durch Unbefugte das Tageslicht erblicken konnte, und immer, wenn wir die Möglichkeit hatten, zogen wir uns in unser Labor zurück, um uns ausgiebig mit dem Teil **B** der Entwicklersubstanz zu beschäftigen. Dabei war es immer wieder erstaunlich, wie uns dieser gläserne Teil **B** am missbräuchlichen Konsum von Alkohol hinderte und wie es ein stilvolles Glas schaffte, uns zum kulturvollen Trinken anzuhalten.

Das Rundfunkstudio

Zu Beginn meines Grundwehrdienstes schien die Zeit fast stehen zu bleiben. Träge folgte ein Tag dem anderen – bis ich in das neue Nachrichtenbataillon in der Nähe von Neubrandenburg versetzt wurde, das den schönen Namen »Fünf Eichen« trug. Und ausgerechnet in dieser Einöde schien alles anders zu werden.

Ein Kulturfunktionär aus der Bezirkshierarchie der Einheitspartei war auf die geniale Idee gekommen, den aus den 30er Jahren stammenden Kasernen ein prächtiges Kulturhaus hinzuzufügen. Bis auf das Vorhandensein einer Bibliothek und eines Kinosaals hatte dieser Prachtbau in den zurückliegenden Jahren jedoch keinerlei kulturelle Nutzung erfahren. Die Musen schlummerten vor sich hin und verloren sich in den endlosen Weiten der mecklenburgischen Landschaft, die ohnehin auf diesem Gebiet unterentwickelt war.

Anfangs war mir und auch meinen Mitstreitern in Sachen Kultur nicht klar, dass wir dabei waren, die Musen langsam aus ihrem Dornröschenschlaf zu wecken. Mit dem Aufbau des Fotolabors und einem Filmclub veränderte sich auch für uns der triste Armeealltag und die Zeit schien schneller zu laufen. Wir schmiedeten bereits neue Pläne, mit denen wir dem monotonen Grau auch weiterhin entfliehen konnten.

Welche Projekte aber waren unter den gegebenen Umständen realisierbar?

Unter anderem war die Rede von einem Schmalfilmzirkel, schließlich wollten wir endlich auch einmal wieder die Atmosphäre des Filmemachens schnuppern. Aus irgendwelchen Gründen wurde dies aber noch verschoben. Unserem Dreierteam hatte sich ein weiterer Kulturfreak hinzugesellt, Frank, ein junger Lehrer, der gerade sein Studium beendet hatte. Sein Fachgebiet war Kunst- und Kulturgeschichte. Er kam uns wie gerufen, da er frische Ideen mitbrachte. Von ihm kam der Einfall, ein Rundfunkstudio aufzubauen.

Neben den von uns bereits benutzten Räumen des Kulturhauses gab es zwei weitere unterschiedlich große Räume, von denen der kleinere – aus welchen Gründen auch immer – ein mitten in die Wand eingebautes Fenster vorzuweisen hatte. Zusätzlich stand in dem größeren Raum eine alte tontechnische Anlage herum. Mit Leuchtknöpfen und Reglern versehen, ähnelte dieses Monstrum einem Tonmischpult. Dieses von uns dreien bisher völlig unbeachtete Gerät zählte zum alleinigen Inventar des vorwiegend als Abstellkammer benutzten Raumes.

Der Funker Frank hatte plötzlich die Idee, aus diesen Räumen ein Rundfunkstudio zu machen. Außerdem war er im Umgang mit tontechnischen Geräten bestens vertraut, ein Grund mehr, ihn umgehend zum Studioleiter zu ernennen. Der Miniraum hinter der Glasscheibe wurde von Frank auch gleich zur Sprecherkabine bestimmt und mit schallschluckenden Decken abgehängt.

Auch wenn wir noch nicht wussten, wie wir das Projekt mit Leben erfüllen sollten, waren wir grundsätzlich damit einverstanden.

Zunächst kümmerte sich Frank um Techniker aus der Funkerkompanie, die in der Lage waren, dem Tonkörper wieder Leben einzuhauchen, und bereits nach wenigen Tagen signalisierten die brummenden Verstärker ihre Bereitschaft, unsere Kommandos in Töne umzuwandeln. Es wurden Boxen installiert, ein Mikrofon angeschlossen und schon es gab es eine erste Sprechprobe, die von einem kleinen Bandgerät aufgezeichnete wurde. Als auch die Wiedergabe problemlos verlief, freuten wir uns über den erfolgreichen Beginn.

Um unsere Sprachaufnahmen mit Musik zu untermalen, benötigten wir eine jederzeit zugängliche Quelle. Das konnte nur ein Rundfunkgerät sein.

In unserem Aufenthaltsraum befand sich ein UKW-Empfänger, der bisher den Background für unsere abendlichen philosophierenden Gespräche bildete. Das Radio wurde herbeigeschafft und kurzerhand in die Anlage integriert.

Alles wurde ausgiebig getestet und was nun noch fehlte, war der praktische Teil der Umsetzung. Das war das Schwierigste, denn es musste ein inhaltliches Konzept erarbeitet werden, welches die politische und militärische Leitung von der Notwendigkeit eines solchen *Agitprop*-Instrumentes überzeugen würde.

Die Couch in unserem Aufenthaltsraum war der richtige Platz, um unsere Inspirationen zu fördern. Die Gläser der Entwicklersubstanz **B** füllten sich wiederholt mit Wodka, beflügelten unseren Geist und brachten uns von Glas zu Glas sicherer auf die Zielgerade. Fest stand, es musste eine Jugendsendung konzipiert werden, die in der Machart den Rundfunksendungen des bei der

Jugend sehr beliebten Rundfunksenders »DT 64« ebenbürtig war. Dieses Namenskürzel stand für den Begriff »Deutschlandtreffen 1964«. Damit verband man ein Programmschema, das für *modern*, *jugendgemäß* und *weltoffen* stand, was für diese Zeit keineswegs selbstverständlich war. Politik wurde geschickt in internationale Rockmusik eingebunden. Kurze und prägnante Nachrichten gaben sich mit flott gemixter Rock- und Popmusik die Klinke in die Hand – und dass dies bei der Jugend ein Echo fand, bewiesen die Hörerquoten.

Von diesem Vorbild inspiriert, fiel uns auch die Namensgebung unseres Senders sehr leicht. Er hieß einfach »DT 4867«. Die vier Ziffern standen für die Postleitzahl des Bataillons. Fertig war unsere Konzeption! Lediglich ein kleines logistisches Problem musste noch gelöst werden: Die Schallwellen der Rockmusik sollten überall dorthin dringen, wo unsere Hörer waren – und die waren im gesamten Armeeobjekt. Es gab zwar Lautsprecher, die allmorgendlich zum Appell riefen, aber diese mussten schließlich vernetzt und an unser Studio angeschlossen werden. Der Bataillonskommandeur stimmte unserem Vorhaben zu und der Sendebetrieb konnte beginnen.

Wie es unsere Konzeption vorgab, saßen wir allabendlich im Studio und bastelten und schmiedeten unsere Frühsendung zusammen. Dem Rundfunk der DDR entnahmen wir die Musik, die uns einigermaßen gefiel. Wir mischten sie mit Nachrichten aus dem Bataillon und mit einigen Neuigkeiten, die uns die Außenwelt bescherte.

Nach einiger Zeit blieb es nicht aus, unserem Programm ein neues Profil zu verleihen. Wir erweiterten unser Angebot speziell für die Wochenenden mit Sendungen zu ganz bestimmten Themengebieten. Jeder von uns suchte sich sein Lieblingsthema aus. Was lag näher, als damit sein ganz persönliches Hobby zu bedienen?

Frank beschäftigte sich mit Kultur- und Kunstgeschichte und versuchte auf diese Weise, seine Hörer davon zu überzeugen, dass es zwischen Funkstation und Waffenreinigen noch etwas anderes gab. Da ich mich hauptsächlich für Musik entschieden hatte, bot sich mir eine breite Palette an Themen. Für die Vielfalt von Klassik, Unterhaltung, Rock und Pop bis hin zum Jazz würde die Wehrdienstzeit kaum ausreichen und mir lag insbesondere der Jazz am Herzen. Ihm ordnete ich alle anderen Themenbereiche unter und ging davon aus, dass durch den Themenwechsel der Sendungen vielleicht niemandem meine stille Leidenschaft auffallen würde. Jazzmusik war zwar nicht verboten, wurde aber auch nur in Ausnahmefällen geduldet. Mit einem gut durchdachten Mix hoffte ich, dass sich der Jazzvirus auch in den Köpfen der Hörer im Bataillon einnistete.

Mit diesen Überlegungen im Hinterkopf fuhr ich in die Landeshauptstadt Neubrandenburg, um Literatur, musikalische Unterlagen, Schallplatten und sogar manches zur Geschichte des Gospels aufzustöbern. Sogar die Ergebnisse meiner Recherchen in Sachen Gospel und Blues, die ich zu den Ursprüngen des Jazz zähle, konnte ich stets in den sonnabendlich stattfindenden Nachmittagssendungen präsentieren. Wir nannten die Sendung »Jazz nach drei« und sie erfreute sich – im Wechsel mit anderen Musikrichtungen – großer Beliebtheit.

Jeden Sonnabend pünktlich um 15 Uhr ertönten die Lautsprecher des Objektfunks. Ob klassisch, rockig oder jazzig – die Musik erreichte auf diesem Weg auch den letzten Kasernenwinkel. Wer sie hören wollte, öffnete das Fenster, wer nicht, döste auf seinem Bett vor sich hin. Meistens aber waren die Fenster geöffnet.

Irgendwann allerdings neigten sich die Vorräte an Archivmusiken dem Ende zu und ich musste auf aktuelle Musik zurückgreifen. Damit begab ich mich wissentlich auf ein etwas gefährlicheres, ja, sogar verbotenes Pflaster, denn sowohl beim Jazz als auch bei der Rockmusik blieb mir als Quelle nur der Rundfunk. Das Neueste aus dieser Ecke aber bekam ich vorwiegend von westlichen Rundfunksendern, die man in einer Armeeeinheit weder hören noch verbreiten durfte. Da mir das Angebot an populärer Musik beim ostdeutschen Jugendsender nicht ausreichte, musste ich zu einer List greifen – und es gelang mir sogar, das Musikangebot von »DT 64« zu übertreffen.

Dieser Jugendsender hatte bei aller Weltoffenheit die Auflage, Musik im Verhältnis 60 zu 40 zu spielen. Das bedeutete, 60 Prozent Ost- und 40 Prozent Westmusik. Möglicherweise hat auch dieser Sender Tricks gefunden, die Auflage geschickt zu umgehen, und es entzieht sich meiner Kenntnis, ob dies jemals genau überprüft werden konnte. Wie auch immer, auch für unsere Sendungen musste spritzige Musik aufgezeichnet werden. Ich hätte aber viele Stunden damit verbringen müssen, um »DT 64« den richtigen Mix zu entleihen. Und vor allem, woher hätte ich zweifelsfrei wissen sollen, welche Musik aus welchem ideologischen Lager stammte?

Wieder einmal kam mir der Zufall zu Hilfe. Unser ausgezeichnetes UKW-Radio empfing Westsender, die über genügend Reichweite verfügten – auch wenn es nur wenige waren, denn schließlich lag unsere Einheit mitten in den unendlichen Weiten Mecklenburgs. Das war jedoch nicht vergleichbar mit dem »Tal der Ahnungslosen«, wie einige Teile Sachsens genannt wurden, weil man dort keinen Westempfang hatte.

Die Voraussetzung, um in unseren Breitengraden Westrundfunk empfangen zu können, war ein besonders starker Sender – und ein solcher war RIAS Berlin, *Rundfunk im amerikanischen Sektor*. Diesen Sender zu hören, war in der DDR grundsätzlich verboten, und um die Einhaltung des Verbotes besser zu gewährleisten, hatte die DDR, vielleicht waren es aber auch die Sowjets, einen Störsender installiert. Dieser machte einen sauberen Empfang von RIAS im Mittelwellenbereich unmöglich. Da zu dieser Zeit noch nicht allzu viele DDR-Bürger über ein UKW-Radio verfügten, war dies schmerzlich, denn die Polithierarchie der DDR hatte diesen Sender als »Hetzsender« abgestempelt und rechtfertigte damit ihre Störungsmaßnahme.

Wir aber besaßen ein vortreffliches UKW-Radio und das war verlockend. Jeden Montagabend genau um 20 Uhr begaben wir uns in eine verbotene Zone. Wir suchten, wie es sich für ausgebildete Funker gehört, mit genauester Feinabstimmung auf unserer hell erleuchteten Skala den Sender »*RIAS BERLIN – eine freie Stimme der freien Welt*«. Genau zu dieser Zeit begann eine Schlagersendung, die in beiden Teilen Deutschlands gleichermaßen hoch im Kurs stand. Es waren die »Schlager der Woche«.

Mein besonderes Augenmerk war auf die Moderation der Sendung gerichtet. Durch sie erfuhr ich sehr genau, um welchen Titel es sich bei der anschließenden Musik handelte. Damit hatte ich die Gelegenheit, den von mir heiß begehrten Hit sauber mitzuschneiden.

Darüber hinaus war die Zeit bis etwa 22 Uhr voll ausgelastet. Zu dieser späten Stunde war auch nicht zu befürchten, dass sich außer uns irgendjemand im Kulturhaus aufhielt, und so bastelte ich in aller Ruhe die morgendliche Sendung zusammen. Das leichte Prickeln in den Fingern, wohl die Gefahr ahnend, in der ich mich befand, hatte beinahe etwas Erotisches.

Vor dem Morgenappell am folgenden Tag gab es zwar auch die neuesten Nachrichten aus der kleinen Republik, aber unsere Rockmusik hatte etwas vom Hauch der großen weiten Welt – hatte doch der *Klassenfeind* an der Sendung kräftig mitgemischt.

Das Planschbecken

Aufregung herrschte beim mobilen Produktions-stab der *Aktuellen Kamera* des Fernsehens der DDR, denn erst am späten Nachmittag kam ein Produktionsauftrag für den frühen Morgen des kommenden Tages herein. Auftraggeber war die Presseabteilung des ZK der SED. Die Fahrt sollte nach Jena gehen und Ziel war das Neubaugebiet Jena-Lobeda. Dort im Zentrum dieser Plattensiedlung wollte man die Einweihung eines Komplexes Kinderkrippe / Kindertagesstätte in Anwesenheit des Ersten Sekretärs des ZK der SED und Vorsitzenden des Staatsrates der DDR, dem Genossen Walter Ulbricht, vornehmen. Alle neuen gesellschaftlichen Errungenschaften in der Republik waren stets diesem Ritual unterworfen. Häufig ging einer solchen Einweihung eine Betrachtung am Modell durch den Genossen Ulbricht voraus. Wer wiederholt zu solchen Veranstaltungen geladen wurde, wusste um die besondere Vorliebe des großen Vorsitzenden, in bauliche Modellprojekte innovativ einzugreifen, denn nur so konnte dem Fortschritt auf die Sprünge geholfen werden. Seine Leidenschaft des Veränderns war uns hinreichend bekannt.

Auf Überraschungen vorbereitet, saß zu früher Stunde unser Produktionsteam im *Wolga* und beeilte sich, Jena vor dem Eintreffen des ZK-Konvois zu erreichen. Die alte löchrige Autobahn hinter uns lassend, nahmen wir

– kräftig wachgerüttelt – die Abfahrt Jena in den Stadtteil Lobeda, um auf dem kürzesten Weg unseren Drehort in Augenschein zu nehmen.

In dem Kindertagesstättenkomplex wurde uns ein größerer Vorraum gezeigt, in dem wir unser Equipment aufbauen konnten. Der Raum bestand ringsherum aus Glaswänden und -türen und diese Glasflächen hatte man mit bunten Farben bemalt, die an Kinderzeichnungen erinnerten. Hier also sollte der *erste Staatsakt* stattfinden.

Routiniert installierten wir die Beleuchtungstechnik und suchten uns einen günstigen Standpunkt, um alle Details der Reportage aus dem richtigen Blickwinkel erfassen zu können. In der Mitte des Raumes befand sich eine große mit Stoff bezogene Platte, auf der das Neubaugebiet Jena-Lobeda in Miniatur aufgebaut war. Im Zentrum des so genannten »Prospektes« befanden sich, von angedeuteten Sträuchern und Bäumen umgeben, die verschiedenen Gebäude der Kindertagesstätte und inmitten dieser hufeisenförmigen Gebäudeaufstellung konnte man eine nierenförmige hellblaue Fläche wahrnehmen. Wie wir später erfuhren, war dies ein Modell eines Wasserplanschbeckens für die Kleinsten, das sich gut in das Umfeld einfügte.

Wir suchten uns einen günstigen Standpunkt, um alle Details der Reportage erfassen zu können, und postierten uns in unmittelbarer Nähe des ovalen blauen Flecks.

Allmählich kamen die ersten Gäste und nahmen im Halbkreis Aufstellung. Der eine oder andere Sicherheitsbeamte aus dem Vortrupp überprüfte noch seinen Zuständigkeitsbereich und machte sich dabei unauffällig wichtig. Die Spannung stieg, die Aufpasser wurden nervöser.

Inzwischen waren der Bürgermeister und der Architekt des Neubauprojektes eingetroffen und damit waren alle geladenen Gäste versammelt. Durch die Glasfront der Eingangshalle konnte ich erkennen, wie sich langsam ein schwarzer Limousinen-Konvoi näherte und das erste Fahrzeug direkt vor der Halle stoppte. Autotüren sprangen auf und Sicherheitsbeamte stiegen eilig aus den Fahrzeugen. Sie postierten sich von beiden Seiten um das zweite Fahrzeug herum und rissen die hintere Tür des *Tschaikas* auf. Die Gestalt, die ausstieg, war – unverkennbar mit der typischen Nickelbrille und dem »Spitzbart« – der Genosse Vorsitzende.

In gerader Haltung, von einigen nachfolgenden ZK-Mitgliedern beflissen eingerahmt, betrat er die Halle der Kindertagesstätte. Mit einem leichten Nicken grüßte er in die Runde und schritt auf die Gruppe um den Bürgermeister und den Architekten zu. Mit einem »Tag, Genossen!« schüttelte er jedem einzelnen in der Gruppe die Hand. In seinem unverkennbaren sächsischen Dialekt und dem leichten Fistelton in der Stimme forderte er den Architekten auf: »Nu, Genosse, wie ich sehe, habt ihr einen besonderen Beitrag zur sozialistischen Erziehung unserer Kinder geleistet, ja?«

Dieses »ja« fügte er stets dem Satzende hinzu.

»Genosse Vorsitzender, wenn ich Ihnen unser Vorhaben hier an unserem Modell einmal vorstellen darf …« Mit diesen Worten wandte sich der Architekt seinem Entwurf zu, während Walter Ulbricht mehr und mehr an den Rand der grünen Holzplatte drängte. Sein Kopf ging nach beiden Seiten hin und her, so dass das Licht unserer Scheinwerfer für muntere Blitze auf seiner Nickelbrille sorgte. Seine besondere Leidenschaft bestand bekanntlich darin, bei architektonischen Miniaturmodellen Hand anzulegen und Häuser umzusetzen, und alle waren gespannt, was diesmal passieren würde.

Sein Blick fixierte zunehmend einen Punkt inmitten der angedeuteten Grünfläche und nach längerem Beäugen streckte er seine rechte Hand aus und zeigte auf das kleine nierenförmige Planschbecken inmitten der Grünanlage.

Alle Umstehenden verstummten und warteten in starrer Haltung. Was würde wohl jetzt geschehen?

Mit kreisender Handbewegung zielte er immer deutlicher auf das Planschbecken und für einen Moment erweckte er den Anschein, als würde er dieses Becken aus dem Grün entfernen wollen. Doch plötzlich drehte er sich zu dem verblüfft dreinschauenden Architekten um und fragte: »Nu, Genosse, was issn dis hier, ja?«

Eifrig bemüht und beflissen entgegnete dieser: »Genosse Vorsitzender, das ist gewissermaßen ein Kinderplanschbecken für unsere Kleinsten.«

Der große Vorsitzende aber gab sich mit dieser einfachen Antwort nicht zufrieden und bohrte weiter: »Nu, aber warum hat dis Becken so eine komische Form hier, ja?«

Erneut versuchte der Architekt ihm seine gestalterische Absicht näherzubringen: »Wir haben uns gedacht, dem Ganzen mal eine andere, modernere Form zu verleihen, und wir haben deshalb ein nierenförmiges Planschbecken entworfen.«

Ringsum Schweigen.

Dem Vorsitzenden war eine gewisse Unruhe anzumerken und sein Blick ließ nicht von dem Planschbecken ab. Er schien nachzudenken und erst nach einiger Zeit wandte er sich wieder dem Architekten und dem neben ihm stehenden Bürgermeister zu und setzte in belehrendem Tonfall an: »Nu, eins will ich euch sagen, Genossen, ja, bei uns wird geradeaus geschwommen, ja!«

Verunsichert stellte sich allgemein die Frage, war sein Kommentar eine kritische Anmerkung oder war es humorvoll gemeint? Bei einigen wenigen in der Runde registrierte ich ein verstecktes Schmunzeln, die meisten aber verharrten schweigend in starrer Haltung.

Auf der Fahrt zurück nach Berlin zitierten wir immer wieder den bedeutungsvollen Satz des großen Vorsitzenden: »Bei uns wird geradeaus geschwommen!« – und unser Lachen kannte kein Ende. Nur der Redakteur konnte die Fröhlichkeit nicht ganz teilen. Vor ihm lag die schwierigste Aufgabe des Tages: Er musste die dreiminütige Reportage in eine kurze Filmnachricht von 30 Sekunden umwandeln.

Der Filmclub

Wie schon erwähnt, hatte der Zufall uns drei Jungfilmer in dem mecklenburgischen Nachrichtenbataillon »Fünf Eichen« zusammengeführt. Mit der Eröffnung eines Fotolabors konnten wir bereits einen ersten kulturellen Höhepunkt für uns verbuchen und mit dem Rundfunkstudio schafften wir einen weiteren Freiraum, um der Kultur nach *unserem* Verständnis auf die Sprünge zu helfen. Vom Erfolg ermutigt fingen wir jetzt an, den flanellgrauen Armeealltag mit kleinen Kapriolen etwas aufzuhellen.

Auf der Couch des kleinen Aufenthaltsraumes vor dem Fotolabor überlegten wir, welches Planquadrat der Kulturlandschaft wir als nächstes in Besitz nehmen wollten. Die genialste Idee hatte – wie konnte es auch anders sein – René, unser Regisseur, zumal einige mit Wodka gefüllte Entwicklergläser für den notwendigen Antrieb seiner Gehirnwindungen gesorgt hatten. Angeregt vom bewusstseinserweiternden Inhalt dieser Gläser meinte er, dass die Filme im Kino des Kulturhauses nicht gerade eine kulturelle Bereicherung seien. Genau hier müsse man ansetzen, das Niveau anzuheben, und er wisse auch schon wie.

Während seines Studiums an der Filmhochschule hatte er kontinuierlich alle Filmklassiker verschlungen und in sein Gedächtnis eingemeißelt. Viele der alten meist aus der UFA-Zeit stammenden Filme waren thematisch der seichten Unterhaltung zuzuordnen, andere dagegen, insbesondere die Produktionsjahre 1939 bis 1945, beschäftigten sich vorrangig mit der Traumwelt des Vergessens oder waren reine Durchhaltefilme. Filmgeschichtlich relevant aber waren die Jahre vor der braunen Ära und besonders in der Stummfilmzeit war man gefordert, Geschichten in Bildern verständlich zu erzählen, schließlich gab es dazu keinen erklärenden Ton. Dadurch waren sowohl der Spiel- als auch der Dokumentarfilm inhaltlich von herausragender Qualität, was man ebenso über die nachfolgende Generation der ersten Tonfilme sagen konnte.

René schwebte vor, ein breites Spektrum solcher Filme für unser Kino zu besorgen und die Vorführungen einer zeitgeschichtlichen Chronologie unterzuordnen. Da er einen guten Draht zum damaligen Staatlichen Filmarchiv hatte, schien die Umsetzung seiner Idee greifbar nah. Wir waren von diesem Vorschlag begeistert, räumte er uns doch die Möglichkeit ein, unser eigenes filmgeschichtliches Wissen aufzubessern. Es musste lediglich noch die oberste Heeresleitung von unserem Vorhaben überzeugt werden, wozu ein Gespräch mit unserem für die Kultur zuständigen Offizier vereinbart wurde.

Dieser stimmte zu und René bekam den Auftrag einer Dienstreise nach Berlin, um beim Staatlichen Filmarchiv Notwendiges in die Wege zu leiten. Der *Filmclub* war geboren.

Nach drei Tagen kam er mit einem Stapel großer Filmbüchsen aus Berlin zurück. Wir sichteten erst einmal die mit großen Aufklebern versehenen Büchsen und gerieten ins Schwärmen: »*Symphonie einer Großstadt*«, »*Caligari*« und nicht zuletzt »*Der große Diktator*«. Damit war reichlich Material vorhanden, um unseren filmgeschichtlichen Zyklus zu beginnen.

Mittwochs und sonnabends war Kinotag. Von Woche zu Woche kamen mehr Besucher, denn unser Filmangebot hatte sich herumgesprochen, und bereits nach den ersten zwei Vorführungen merkten wir, dass sich so mancher Freund alter Filme gefunden hatte.

Unser erstes Programmangebot ging bald zu Ende und René wurde beauftragt, für Nachschub zu sorgen.

Bei der Auswahl der Filme im Berliner Archiv hatte er sich in den Kopf gesetzt, seine uniformierten Zuschauer jetzt mit politisch brisanteren Themen zu begeistern. Mit Filmen wie »*Das Cabinet des Dr. Caligari*«, »*Westfront 1918*«, »*Der Hauptmann von Köpenick*« oder »*Das Testament des Doktor Mabuse*« konfrontierte er seine Filmclub-Besucher mit durchaus antagonistischen Aussagen. Derart unterschiedlich gelagerte Filmstoffe sollten bei den Soldaten humanistische Denkprozesse in Gang setzen und er berechnete genau den Erfolg bei seinem Publikum. Ebenso klar aber war ihm auch, dass ihn das Kopf und Kragen kosten konnte. Allen zum Trotz spekulierte er auf das intellektuelle Unverständnis in der politischen Hierarchie unserer Einheit und lag damit gar nicht so falsch. Die Resonanz bei den Zuschauern der ersten beiden Filme sollte ihm Recht geben.

Unser Politstellvertreter, ein Major aus der Führungsriege, freute sich offensichtlich über die große Zuschauerbeteiligung, obwohl er sich selbst die Filme nie angesehen hatte, die Filmtitel aber blind genehmigte. Sich keiner

Schuld bewusst, ging unser Major damit allen Problemen aus dem Weg.

Aber es sollte noch besser kommen. Unter den diesmal zur Verfügung stehenden Filmen präsentierte uns René einen ganz besonderen Leckerbissen aus seinem Reisegepäck. Geheimnisvoll schleppte er den Stapel großer Blechbüchsen die Treppen des Kulturhauses hinauf und verschwand damit im Fotolabor und erst als wir den Vorraum betraten, bat er uns aufgeregt, Platz zu nehmen. Dann huschte er ins Fotolabor und kam mit einer Filmbüchse zurück, die er uns wie ein Tablett präsentierte. Dabei hatte er das für ihn typische feiste Grinsen aufgesetzt, rieb sich die Hände wie Mephisto beim Pakt mit Faust und man sah ihm an, es roch förmlich nach Schadenfreude. Mit großen Augen lasen wir die fetten schwarzen Druckbuchstaben auf dem Büchsenaufkleber: *»Im Westen nichts Neues«* – ein Film nach dem Buch von Erich Maria Remarque.

Total verwirrt schauten wir René an und erinnerten uns, dass dies der für seine Zeit wohl bedeutendste Antikriegsfilm war. Besonders im Gedächtnis geblieben waren uns die grausamen Bilder auf dem Schlachtfeld des Ersten Weltkrieges.

Als wir unsere skeptischen Gedanken René gegenüber äußerten, stimmte er uneingeschränkt zu und ergänzte unsere Bedenken sogar mit einer zusätzlichen Bemerkung, die uns zunächst noch stärker verunsicherte: Ob uns denn eigentlich aufgefallen sei, dass dieser Film nicht einfach nur ein Antikriegsfilm wäre, sondern darüber hinaus alles in Frage stelle, was sich mit militärischer Auseinandersetzung beschäftigt. Deutlich war ihm jetzt seine Erregung anzumerken. Einen solchen Film den Soldaten einer Armeeeinheit zu präsentieren, war riskant und hieß in der Sprache der Militärs *Wehrkraftzersetzung*, war also eine strafbare Handlung. Trotzdem machten wir unserem Kulturoffizier diesen Streifen als reinen Antikriegsfilm schmackhaft – und bekamen tatsächlich die Einwilligung, den Film zu zeigen. Insgeheim hofften wir, dass das intellektuelle Verständnis unseres Kulturoffiziers nicht ausreichen würde, das eigentlich Brisante des Filmes zu erkennen – und sollten mit unserer Einschätzung gar nicht so falsch liegen.

Am Tag der Vorführung war der Kinosaal bis auf den letzten Platz gefüllt. Die starken Bilder von den Schlachtfeldern des Ersten Weltkrieges verfehlten nicht ihre Wirkung, wühlten die Zuschauer auf und hinterließen sehr unterschiedliche Reaktionen. Nachdenklich schweigend, teilweise auch ziemlich betroffen verließen die meisten Soldaten am Ende der Vorstellung das Kino.

Jetzt bekamen wir es doch mit der Angst zu tun, denn unser Major hatte sich diesmal mit unter die Zuschauer begeben, hatte also ihre Reaktionen direkt miterlebt. Für uns war das mit Sicherheit das Ende des Filmclubs, so dachten wir. Damit lagen wir jedoch vollkommen daneben. Im Gegensatz zu uns ängstlichen Skeptikern war die Freude über den Kinoerfolg beim Kulturoffizier ungebrochen.

Das Herbstmanöver

Jede Armee probt von Zeit zu Zeit den Ernstfall. Besonders im Frühjahr und im Herbst versuchten auch die Truppenteile der Nationalen Volksarmee der DDR ihre Überlegenheit gegenüber dem imperialistischen Lager unter Beweis zu stellen. Vor einer solchen Probe des Ernstfalles befanden sich die Militärs immer in großer Aufregung. Planspiele, Sicherheitsmaßnahmen und Dienstvorschriften sorgten bei den Offizieren und gehobenen Mannschaftsdienstgraden für gereizte Stimmung.

Eine ähnliche Aufregung gab es im Kollektiv der *Aktuellen Kamera* des DDR-Fernsehens. Nicht über irgendeines der Frühjahrs- oder Herbstmanöver sollte berichtet werden, nein, die Kunde von einem großen internationalen Manöver hatte die Runde gemacht.

Seit der ersten militärischen Übung im September 1963, *Quartett* genannt, war es üblich, dass die Truppenteile der Warschauer-Pakt-Staaten im Bündnis agierten, und diesmal wurde diese Gemeinschaftsaktion *Waffenbrüderschaft* genannt, denn sie vereinte die vier Armeen der sozialistischen Staatengemeinschaft unter dem Motto: »Klassenbrüder sind Waffenbrüder«.

Die Übung begann Mitte Oktober 1970 und sollte bis Mitte November desselben Jahres dauern. Für die militärische Berichterstattung der *Aktuellen Kamera* gab es einen speziell dafür ausgebildeten Journalisten und mit diesem *Frontberichterstatter* hatte ich das Vergnügen, in die Schlacht zu ziehen.

Mit großem Kameragepäck im Heck und einer ungewissen Routenplanung im Cockpit brummte unser *Wolga* an die Front, die in einem Waldstück nahe Cottbus lag. An einer Straßenkreuzung unweit von Guben verließen wir nach etwa acht Kilometern die Hauptverkehrsstraße und bogen in eine unbefestigte Straße ein. Ein Hinweisschild und ein militärischer Posten ließen darauf schließen, dass wir richtig waren.

Wir mussten uns bei dem Wachposten ausweisen, dann deutete er auf das entfernt liegende Waldstück und ließ uns passieren. Als wir uns dem Wald näherten, versperrte uns erneut ein Schlagbaum den Weg. Mehrere scharf bewaffnete Soldaten beschäftigten sich mit uns, kontrollierten unsere Papiere und gaben uns Instruktionen für unser weiteres Verhalten: Wir sollten erst einmal zu einem nahe gelegenen Pressezentrum fahren.

Ein Verirren war ausgeschlossen, denn die Waldwege waren gesäumt von Soldaten in Kampfuniformen mit geschulterten *Kalaschnikows*. Der Hauptweg konnte sogar auffällige Markierungen vorweisen, denn in regelmäßigen Abständen lagen links und rechts am Wegesrand unterschiedlich große Natursteine. Sie waren mit frischem Kalk geweißt und geleiteten uns sicher durch den schattig dunklen Tannenwald.

Da wir nicht sehr schnell fuhren, bemerkten wir hinter unserem Fahrzeug eine ständige Truppenbewegung. Bei genauerer Beobachtung konnten wir feststellen, dass Soldaten damit beschäftigt waren, die Spuren unseres

Fahrzeuges mit Hilfe von Harken zu beseitigen. Das Weißen von Bordsteinkanten war mir nicht unbekannt, aber ein geharkter Waldweg war mir in meinem bisherigen Arbeitsleben noch nicht untergekommen.

Wir steuerten auf eine kleine Waldlichtung zu, in deren Mitte schon von Weitem ein typisch militärisches Tarnzelt zu erkennen war. Das musste das Pressezentrum sein. Einige Fahrzeuge parkten bereits ordentlich aufgereiht nebeneinander, als befänden sie sich auf einem bewachten Parkplatz. Auch wir wurden eingewiesen und verschwanden danach im Inneren des Zeltes, in dessen Mitte sich eine lange Holztafel befand, die beidseitig von Bänken umrahmt war, etwa so, wie man es heute den aus Biergärten kennt. An einem mit *Sprelacart* bezogenen Holztisch (eine für die DDR typische Kunstharzpressmasse) saßen einige Presseoffiziere, die sich jetzt ausführlich mit uns beschäftigten. Von ihnen erfuhren wir, dass uns ein ganz besonderes Ereignis bevorstand, denn zeitgleich zum großen Manöver der Warschauer-Pakt-Staaten in der DDR befand sich hoher Staatsbesuch aus der Sowjetunion in der kleinen Republik. Der Generalsekretär der KPdSU, der Genosse Leonid Iljitsch Breschnew, einer der Vorgänger Gorbatschows, hatte seinen Besuch bei den Streitkräften angekündigt und uns wurde die Ehre zuteil, darüber zu berichten. Hier in diesem Waldversteck würde er sich, entlang der frisch geharkten Wege, von der Kampfkraft aller befreundeten Streitkräfte überzeugen können.

Mit diesen Informationen ausgerüstet, waren wir uns unserer Verantwortung bewusst und es musste lediglich noch geklärt werden, wo das Ganze stattfand und wann der Genosse Breschnew eintreffen würde. Der Zeitpunkt wurde uns nur ungefähr benannt. Operativ über Funk würde man uns rechtzeitig in Kenntnis setzen und uns sofort zum vorgesehenen Treffpunkt bringen.

So warteten wir fast eine Stunde, bis plötzlich eines der Kommandotelefone summte. Einer der Presseoffiziere nahm den Hörer ab und meldete sich militärisch korrekt. Nach mehrmaligem »Jawohl!« und einem abschließenden »Ende!« legte er auf und wandte sich an uns: »Die Genossen von der *AK* folgen mir bitte!«

Wir nahmen unsere Technik und rannten dem Offizier hinterher. Hastig voranschreitend, schwenkte er in einen rechts gelegenen Waldweg ein und nach etwa 150 Metern bog er nochmals ab. Auf einer winzigen Lichtung stand ein großer grüner sowjetischer LKW mit einem Metallkasten als Aufbau. Unmittelbar daneben war ein Funkantennenmast von gewaltigem Ausmaß aufgebaut, der mit Stahlseilen nach vier Seiten hin vertäut war. Eine Funkstation mitten im Wald.

Der mattgrüne LKW glänzte ölig und reflektierte in weichem Licht einige durch die dichten Baumkronen fallende Sonnenstrahlen. Offensichtlich war die gesamte Außenkarosse mit Öl eingerieben worden und besonders auffällig war, dass der viereckige Stellplatz der Funkstation im Umkreis von etwa zwei Metern exakt mit Spaten abgestochene Ränder aufwies. An diesen Kanten waren in regelmäßigem Abstand kleine Felssteine eingearbeitet. Das frische Weiß dieser gekalkten Steine flimmerte im Spiel von Licht und Schatten synchron zum Bewegungsspiel der Sonnenstrahlen. Durch die umstehenden Bäume konnte man ahnen, dass noch andere Funkstationen weitläufig in dem Waldstück verteilt waren.

Unmittelbar um unsere Funkstation herum herrschte emsiges Treiben. Soldaten mit kleinen transportablen Funkausrüstungen und Kabeltrommeln waren unentwegt damit beschäftigt, irgendwelche Verbindungen herzustellen. Dazwischen hörte man den Befehlston eines aufgeregten Offiziers.

Die offen stehende Zugangstür zur Station befand sich im Heck des Kastenaufbaus und war mit einer dreistufigen Metallleiter ausgestattet. Wie in einem Bienenstock wechselte der Bewegungsstrom der Funker nach innen und außen. Deutlich wahrnehmbar verdrängte das Durcheinander von Sprech- und Tastenfunk die Stille des Waldes. Das »Da – Da – Di – Da« der Funksignale wechselte mit Kommandos wie »Dachsbau zwei, bitte kommen«.

Urplötzlich wurde es ruhig. Ein Offizier hüpfte die kleine Metallleiter herunter und forderte uns auf, ins Innere der Funkstation zu kommen. Dort wies uns der diensthabende Offizier eine Ecke gegenüber der Eingangstür zu und dicht an die Wand gedrängt versuchte ich mich erst einmal mit meiner Kamera auf der Schulter einzurichten. Meinem Redakteur drückte ich das Akkulicht in die Hand und bat ihn, an meiner linken Seite zu bleiben. Eng in die äußerste Ecke gedrückt warteten wir beide im Inneren dieser Vorzeigestation auf das Ereignis des Tages.

In die nervöse Spannung unter Funkern und Offizieren mischte sich eine Art von Ratlosigkeit. Wie sollte man das militärische Zeremoniell in der Enge dieses Blechkastens zelebrieren? Es wurde beraten und es wurden Befehle erteilt. Alles wuselte erneut durcheinander. Der Zugführer der Funkabteilung, ein Leutnant, war über Funk dazu bestimmt worden, Meldung zu machen. Anscheinend konnte es nun nicht mehr lange dauern, denn er rückte sich noch Uniform und Mütze zurecht, als wir von draußen ein leises näherkommendes Motorengeräusch hörten. Es war unverkennbar das Geräusch eines russischen Jeeps, dem sich das leise Summen einer schweren Limousine anschloss.

Dann war es so weit. Autotüren knallten und von draußen ertönte ein lautes »Achtung!«. Die zwei diensthabenden Soldaten sprangen von ihren Sitzen auf und nahmen Haltung an. Der Leutnant postierte sich neben dem Eingang und legte die Hand an die Mütze.

Von draußen war ein eigenartiges Brabbeln vermischt mit russischen Wortfetzen zu vernehmen, während wir wie gelähmt in der Ecke der Funkstation standen. Dann wurde es an der offenen Eingangstür des Blechkastens dunkler. Die metallene Trittleiter quietschte und klapperte unter den ungleichen Schritten eines offenbar schwergewichtigen Mannes.

Die Silhouette im Türrahmen war unverkennbar die des Genossen Breschnew. Er hatte offensichtlich Schwierigkeiten, durch diese enge Tür zu gelangen, denn ähnlich wie bei einem mehrarmigen buddhistischen Gott bemühten sich links und rechts der Silhouettengestalt vier zusätzliche Arme um Hilfestellung. Erst als diese ihr Ziel unter den Achseln des Generalsekretärs der KPdSU gefunden hatten, kam dieser einen weiteren Schritt nach vorn.

Aus meiner Erstarrung erwacht, saugte sich mein rechtes Auge am Kameraokular fest, während ich mit meiner linken Hand meinen Redakteur antippte. Das war das Signal zum Einschalten der Akkulampe und schon hellte sich der kleine Raum auf. Hektisch fummelte ich am Objektiv meiner Kamera, um das Gesicht meines Gegenübers scharf zu stellen. Seinen Kopf groß im Bild, bemerkte ich, wie sich sein Gesicht zu einem breiten Grinsen verschob und wie er, vom hellen Licht geblendet, die Augen unter seinen dichten Brauen zusammenkniff. Trotzdem entging mir der feuchte Schimmer in seinen Augen nicht, auch sein Gesicht schien mir auffällig gerötet. Etwas vor sich hin murmelnd versuchte er sich zu konzentrieren.

Mit einer optischen Zoomfahrt flüchtete ich in die Weitwinkelposition, musste aber feststellen, dass der Generalsekretär sich vergeblich bemühte, in gerader Haltung seine Standfestigkeit zu demonstrieren. Mitten in diese Bemühungen hinein ertönte die laute Stimme des Leutnants, der in strammer Hab-Acht-Stellung versuchte, militärisch exakt Meldung zu machen.

Um auch diesen Vorgang ganz zu erfassen, hatte ich mein Kameraweitwinkel voll ausgefahren – und damit erschien der mit dem Rücken zur Kamera stehende Leutnant in der rechten Bildhälfte, während die linke Bildhälfte mit der mächtigen Gestalt des Generalsekretärs ausgefüllt war. Als ich merkte, dass dieser weiterhin Mühe hatte, sich aufrecht zu halten, traute ich mich nicht, mit dem Zoom in die übliche Portraitgröße zu fahren, und ich ließ die Kamera in dieser Position einfach weiterlaufen.

Leicht schwankend und einige russische Wörter vor sich hin murmelnd, hörte ich lediglich ein abschließendes »Sbasibo« (Danke) heraus. Mir war trotzdem nicht klar, ob ich die Kamera weiterlaufen lassen oder ob ich, über den Leutnant hinwegschwenkend, die Technik zeigen sollte.

Meine Unentschlossenheit führte zu einer leichten Schieflage der Kamera, was ich jetzt vorsichtig versuchte, zu korrigieren, bis sich das Bild wieder in der Waage und alle Personen wieder in aufrechter Haltung befanden.

Der Leutnant hatte inzwischen leicht verstört seine Meldung hinter sich gebracht und versuchte dem Genossen Breschnew Dienstabläufe im Inneren der Funkstation zu erklären. Dieser aber hatte offenbar kein besonderes Interesse an den Ausführungen des Leutnants, denn seine Gedanken schienen sich, mehr nach innen gerichtet, nach dem Ende dieser Zeremonie zu sehnen. Ganz langsam bemerkte ich, wie der Genosse B. meine linke Bildhälfte erneut durcheinanderbrachte, denn er sackte leicht nach vorn in sich zusammen, gab sich einen Ruck und stand plötzlich wieder aufrecht. Die beiden Gestalten an seiner Seite bemühten sich so unauffällig wie möglich, seine abweichenden Haltungen zu korrigieren. Trotz seines breiten Lächelns, das seine auffälligen Grübchen besonders hervorhob, traute ich mich weiterhin nicht, ihn in einer Großaufnahme zu zeigen, denn die etwas wässrigen leicht geröteten Augen hätten in verräterischer Weise Auskunft über seinen »beseelten« Gemütszustand gegeben.

Mein Redakteur tippte mich von hinten an, was bedeutete, die Kamera auszuschalten. Aufatmend ließ er seinen rechten Arm mit dem Akkulicht nach unten gleiten, während ich die Kamera vorsichtig von der Schulter nahm. Die Reportage war beendet.

Links und rechts untergehakt verließ wenige Minuten später ein großer Staatsmann eine kleine Funkstation der

NVA. Eine Staubwolke hinter sich lassend, entfernte sich der Konvoi von uns und über das frische Weiß der Steine senkte sich ein grauer Schleier, der jetzt nicht mehr entfernt werden musste. Auch das Harken des Weges hatte sich fortan erledigt, obwohl die Fahrzeuge tiefe Furchen hinterließen. So blieben wenigstens dem Waldweg zwei breite Spuren vom mächtigsten Mann der Sowjetunion erhalten.

Wenig später zogen auch wir uns aus dem Manövergebiet zurück. Die Berichterstattung über diesen Teil des Staatsbesuches ist nie gesendet worden.

Die Bibliothekarin

Frisch verliebt trat ich im Mai 1964 meinen Pflicht-
wehrdienst bei der Nationalen Volksarmee an. Die
harte Grundausbildung schaffte es allerdings, meinen an-
fänglichen Trennungsschmerz schnellstens zu vergessen,
so dass mir in den ersten vier Wochen wenig Zeit für
Gefühle blieb. Der Mai konnte schon mit warmen Tagen
aufwarten und mein Körper quälte sich über die Hürden
der Sturmbahn. Besonders wenn der Stahlhelm sich über
mein verschwitztes Gesicht schob und die Nase tief die
Erde aufschürfte, spürte ich kaum etwas vom lieblichen
Wonnemonat und die ach so süßen Düfte des Frühlings
streiften nicht mehr meine Nase. Der salzige Geschmack
auf meinen Lippen erinnerte wenig an die brennenden
Küsse zurückliegender Tage und das Bild meiner Liebsten
entfloh in die Weiten Mecklenburgs. Nach Dienstschluss
schleppte ich meine bleiernen Beine über den langen Be-
tonflur unserer Kaserne, während mein Verstand aufge-
hört hatte, irgendwelche Empfindungen wahrzunehmen.

Auf den braunen Fliesen des Flures wurde der Feier-
abend von den Soldaten meist mit einem lauten metal-
lenen Scheppern eingeleitet. Um auch meine angestaute
Aggression zu betäuben, tat ich es den anderen gleich und
schleuderte meinen Stahlhelm über die gesamte Länge
des Hausflures, was in der Kaserne einen ohrenbetäuben-
den Lärm hinterließ.

Obwohl es verboten war, wiederholte sich dieses Spektakel täglich und jeder versuchte bei diesem sportlichen Wettstreit, seinen Helm möglichst bis zum Ende des Flures zu werfen. Wer es schaffte, war Sieger und durfte als Erster in seine Unterkunft.

Wenn ich danach das mit zehn Soldaten belegte Zimmer betrat, schmiss ich mich erschöpft auf mein metallenes Doppelstockbett und versuchte meine restlichen Gedanken zu ordnen.

Erst nachts konnte ich unbeobachtet in mein kariertes Kissen heulen, wenn die Traumbilder meiner Liebsten fliehend an mir vorüberzogen. Dehnten sich diese sehnsüchtige Träume bis in die frühen Morgenstunden aus, wurden sie jäh durch einen markerschütternden Ruf unterbrochen: »5.45 Uhr! Nachtruhe ist beendet!«

Der diensthabende Unteroffizier verließ mit hinter sich zuknallender Tür den Raum, um im nächsten Zimmer den gleichen Weckruf abzulassen.

Zäh flossen sie dahin, die Tage der Grundausbildung. Irgendwann aber war dieser Mai zu Ende und die Zweckgemeinschaften lösten sich auf. Auf der Ladefläche eines graugrünen LKWs mit anderen Funkern zusammengekauert trat ich die Reise zu einer neuen Einheit an. Auf der hölzernen Sitzbank dieses Transporters wurde ich so durchgeschüttelt, dass ich die Schönheit der vorbeiziehenden mecklenburgischen Landschaft nicht mehr wahrnahm.

Von Hitze und Staub eingedöst, erreichten wir nach nicht enden wollender Fahrt Neubrandenburg, bogen in einen Feldweg ein und landeten in einem Nachrichtenbataillon mitten in der Einöde Mecklenburgs. Aus

unerklärlichen Gründen hieß dieser an einer unbefestig-
ten Straße liegende Landschaftsflecken »Fünf Eichen«. An
den Wegrändern der alten Baumallee zeigte sich bereits
das erste Grün. Ob sich unter dem alten Baumbestand
auch fünf Eichen befanden, vermag ich heute nicht mehr
zu sagen. Mit Sicherheit aber standen auf der rechten Seite
des Feldweges etwa fünf Häuser und diese stammten,
ebenso wie die auf der linken Seite befindliche Kasernen-
anlage, aus den 30er Jahren.

Willkommen in der Abgeschiedenheit!

Als die Kasernentore hinter uns geschlossen wurden,
lagen die Weiten Mecklenburgs hinter mir, vor mir aber
lag die Monotonie des Kasernenalltags. Wie nicht anders zu erwarten, war auch hier der gesamte Tagesablauf
militärisch geordnet. Ob Wecken, Frühsport oder Morgenappell, für alles gab es eine Dienstvorschrift – und
selbst Frühstück, Mittag- und Abendessen waren in einer
Vorschrift fixiert. Der besondere Anreiz, essen zu gehen,
bestand schlicht darin, dies in geschlossener Formation
zu tun. Der alte Ausspruch »Der Weg ist das Ziel« schien
hier eine ganz eigene Bedeutung zu bekommen. In diesem
Sinne hieß es »Im Gleichschritt marsch! Links, zwo, drei,
vier!« – zu jeder Mahlzeit, einmal hin und einmal zurück.
Den Sinn habe ich nie hinterfragt, ich hätte wohl auch
keine überzeugende Antwort bekommen, denn das Essen
war Bestandteil der Dienstvorschrift und somit Befehl.

Erst Wochen später fand ich einen Weg, dieses Ritual zu umgehen: Um solchen Diensthandlungen fern
zu bleiben, erlernte ich einfach das »Verpissen«. Dieser
simple Begriff beinhaltete eine Vielzahl von Möglichkeiten, Vorschriften oder die Ausführung eines Befehles

zu umgehen. Aber auch das Erlernen dieser geschickten Umgehung brauchte seine Zeit. Anfänglich gelang mir das nur selten, später half mir die vielfältige kulturelle Betätigung im separat gelegenen Kulturhaus, nicht nur dem Essensbefehl zu trotzen, sondern auch vielen unsinnigen Appellen aus dem Weg zu gehen. Durch den zunehmenden Anteil meiner Kulturarbeit kam ich ganz allmählich neuen Möglichkeiten des »Verpissens« auf die Spur.

Wie so oft im Leben bestimmen Zufälle den weiteren Verlauf der Dinge und so geschah es, dass ich schon viel früher auf eine völlig andere Form des »Verpissens« stieß, die sich im Verborgenen des Clubs abspielte. Dieser Club befand sich im Kulturhaus und beinhaltete eine Bibliothek, einen Kinosaal, das Offizierskasino nebst Küche und einen Besucherraum. Obwohl mir der Kompaniealltag nur wenig Zeit zum Denken ließ, blieb mir nicht verborgen, dass die Kultur in dieser Armeeeinheit einen hohen Stellenwert einzunehmen schien. Dabei fiel mir auf, dass es offensichtlich einen kulturellen Höhepunkt von magischer Anziehungskraft in diesem Kulturhaus gab: die Bibliothek. Hier arbeitete die Frau unseres Kompaniechefs als Bibliothekarin und im Gegensatz zu ihm war sie anmutig und die wohl hübscheste Frau in der mecklenburgischen Fünf-Häuser-Siedlung. Ihre Anziehungskraft bewirkte, dass die Besucherzahl in der Bibliothek stetig zunahm, was auch mit wachsendem Interesse unser Stubenältester registrierte. Als Gefreiter im letzten Diensthalbjahr schien er neuerdings seine besondere Liebe zur Literatur entdeckt zu haben. Er war gutaussehend, groß und mit seinem wohlgeformten Körper gab er selbst in der mausgrauen Dienstkleidung eine stattliche

Figur ab. Auch das stets korrekt getragene, schräg aufgesetzte graue Käppi konnte seine glatten schwarzen Haare nicht entscheidend verdecken. Besonders auffällig an ihm waren die strahlend blauen Augen in seinem vorwiegend gebräunten Gesicht. Welche Frau hätte da widerstehen können?

Auch mich zog es stets aufs Neue in die kleine Bibliothek. Mehr als die Bibliothekarin hingegen interessierte mich der literarische Fundus, der in schlichten Holzregalen verstaut an vielen Stellen die Patina vergangener Jahre aufwies.

Beim Sichten der für mich in Frage kommenden Literatur konnte ich es mir zuweilen nicht verkneifen, einen neugierigen Seitenblick auf die *Herrin der Bücher* zu werfen. Dabei entging mir allerdings nicht, dass ich im Leseverhalten meines Stubenältesten gewisse Merkwürdigkeiten entdeckte. Mit einem aufgeschlagenen Buch auf dem Schoß saß er so dicht vor seiner Angebeteten, dass man den Eindruck hatte, er lese ihr etwas vor. Sein Kopf war zwar scheinbar gesenkt, als würde ihn nichts vom Lesen abhalten können, sah man aber genauer hin, fiel auf, dass er – ähnlich einem bejahenden Nicken – stetig die Buchseite verließ, um seinen schmachtenden Blick starr auf die Bibliothekarin zu richten. Wie oft die blauen Augen des Gefreiten dabei die schöne Bibliothekarin einschneidend getroffen haben, vermochte ich nicht zu zählen. Besonders aufgefallen aber ist mir, dass er diese Art von Kopfgymnastik bis in die Schließzeit der Bibliothek hinauszögerte. Regelmäßig konnte ich beim Verlassen des Lesesaals das blitzschnelle Verschwinden des Gefreiten beobachten. Erst viel später merkte ich, dass die Bibliothekarin schon geraume Zeit vor ihm im Nichts verschwunden war und wie hinter beiden leise die Tür zum angrenzenden Lagerraum verriegelt wurde.

Bereits in der Tür stehend zögerte ich, drehte mich noch einmal um und kehrte wieder zurück in den Saal. Das eben noch intensiv vom Stubenältesten gelesene Buch lag jetzt einsam auf dem Stuhl, allein gelassen von den blauen Augen seines Lesers. Ich nahm das Buch, klappte es zu und schaute interessiert auf den Titel. Es war eine alte Fassung von Giacomo Casanova »*Die Geschichte meines Lebens*«.

Behutsam legte ich das Buch wieder auf den Stuhl zurück und verschwand leise durch die Eingangstür. Beim Gang durch das Kasernengelände überlegte ich, ob mein Stubenältester jetzt ein wenig von dem realisierte, was der 60-jährige Bibliothekar Casanova in Dux niedergeschrieben hatte.

Das Gästehaus

Für eine bekannte und beliebte Sendereihe des DDR-Fernsehens machten sich zwei voll bepackte *Wolga*-Limousinen auf den Weg in die alte Hansestadt Wismar. Das zwischen all den Kisten eingepferchte Filmteam bestand aus zwei Redakteurinnen, zwei Kameraleuten, einem Kameraassistenten und einem Tonmeister, die darauf brannten, in der kleinen Hafenmetropole ein feuilletonistisches Stadtportrait zu produzieren. Solche zehn-minütigen Magazinbeiträge boten allen Beteiligten einen großen Spielraum bei der künstlerischen Umsetzung des vorgegebenen Themas, waren facettenreich und sorgten für eine willkommene Abwechselung unserer oftmals farblosen Drehorte.

Zusammen mit meinem Kamerakollegen hatte ich schon einige dieser Stadtgeschichten augenzwinkernd mit der Kamera erzählt. Eine erhebliche Anzahl von Drehorten in der jeweiligen Stadt erforderte produktionstechnisch stets den Aufwand von zwei Drehstäben, die getrennt voneinander ihr individuelles Tagesprogramm zu bewältigen hatten. Nach Drehschluss, ob in Privatunterkünften oder im Hotel, wurde das filmische Ergebnis gemeinsam ausgewertet und alle Beteiligten trafen sich zum abendlichen Rapport im Zimmer der Redaktion.

In Wismar wartete eine besonders brisante Unterkunft auf uns, die nachhaltige Eindrücke bei allen Beteiligten hinterlassen sollte, denn die Produktionsleitung dieser Sendung hatte uns in das Gästehaus der SED-Bezirksleitung einquartiert. Diese »Nobelherberge« befand sich direkt am alten Markt inmitten der historischen, jedoch etwas heruntergekommenen Hansehäuser und übertraf in Fassade und Ausstattung bei Weitem die angrenzenden maroden Fachwerkhäuser. Unser Zimmer verfügte sogar über einen großzügigen Balkon mit Blick auf den alten Marktplatz der Hansestadt. Beide Örtlichkeiten sollten für uns noch von Bedeutung sein.

Zunächst aber muss noch etwas zum Ablauf der Dreharbeiten gesagt werden. Neben einigen anderen Drehorten hatten wir einen erheblichen Anteil unserer Filmarbeiten in einer Wein- und Spirituosenfabrik zu bewältigen und wir nutzten das umfangreiche Programm als Vorwand, um dort beide Drehteams einzusetzen. Tatsächlich aber war es ein abgekartetes Spiel unter uns Kameraleuten. Den nüchternen Bildern über Produktionsabläufe bei der Herstellung geistiger Getränke sollte eine kurze Sequenz über eine Weinverkostung im fabrikeigenen Weinkeller hinzugefügt werden, die ich zu realisieren hatte. Aus sehr eigennützigen Gründen aber wollten wir unbedingt die Teilnahme für beide Teams ermöglichen.

Während mein Kollege noch mit Stadtaufnahmen in Wismar beschäftigt war, versuchte ich mich möglichst lange beim Dreh in der automatischen Flaschenabfüllanlage sowie in der angrenzenden Kelleranlage aufzuhalten, um unserem geheimen Vorhaben unauffällig den Weg zu ebnen.

Pünktlich zu den Aufnahmen von der Weinverkostung erschien mein Kollege mit seinem Trupp, um uns tatkräftig zu »unterstützen«. Glücklicherweise waren es die letzten Aufnahmen, die wir an diesem Drehort zu machen hatten, und so drehten und verkosteten wir und umgekehrt.

Nach den erfolgreichen Dreharbeiten schenkte das volkseigene Unternehmen, das auf den schönen Namen *VEB WISMARIA* hörte, jedem Drehstab einen großen Karton gefüllt mit einem reichhaltigen Sortiment aus der Produktionspalette dieser Spirituosenfabrik. Der Abend im Gästehaus der SED-Bezirksleitung schien gesichert zu sein und so stiegen wir in feuchtfröhlicher Stimmung die Treppe aus dem dunklen Weinkeller hinauf in das Tageslicht.

Oben angekommen, empfing uns ein strahlender Sommertag. Vom Sonnenlicht geblendet schloss ich die Augen, denn offensichtlich waren der Wein und die Sonne nicht aufeinander abgestimmt und die wärmenden Sonnenstrahlen schienen sich erbarmungslos gegen uns verschworen zu haben.

Längere Zeit saßen wir wie benebelt auf der großen Vortreppe, die ins Foyer unserer Alkoholfabrik führte, und versuchten, Klarheit in unsere Gedanken zu bringen. Für den Nachmittag war für mich ein sportlicher Beitrag bei den jugendlichen Meistern eines Judo-Vereins vorgesehen. Mein Kollege verließ mit seinem Drehteam unsere fröhliche Runde, während ich mich bemühte, mit meinem Team – trotz der ausgelassenen Stimmung und der allen voranwehenden Alkoholfahne – die Judokas aufzusuchen.

Dort angekommen, führte meine Redakteurin ihre Interviews unverkrampft und locker ohne ein vorgegebenes

Manuskript durch, während ich mit meiner kleinen Hand-
kamera auf einer Matte im dichten Kreis mit den Judokids
saß. Genau genommen war ich nicht mehr in der Lage, zu
verfolgen, welche Fragen meine Kollegin den jugendlichen
Kämpfern stellte, und ebenso wenig bewusst waren mir im
Nachhinein die Kampfszenen, die ich zweifelsfrei gefilmt
hatte und die mir, dank der aufmunternden Wirkung des
Weines, sehr leicht gefallen waren. Mit der Kamera in der
Hand, sitzend oder auch Purzelbaum schlagend, muss ich
wohl eine lockere Hand bei der Umsetzung dieser turbulenten Reportage gehabt haben.

Erst am Abend trafen wir uns alle in bester Stimmung
im Gästehaus wieder, um das Ergebnis unserer Dreharbeiten auszuwerten, und da meine Redakteurin nichts
mehr über den Inhalt ihrer Interviews wusste, hörten wir
zuerst die Tonaufzeichnungen ab.

Wir waren begeistert: Locker, amüsant und voller Aus-
sagekraft reihten sich Fragen und Antworten harmonisch
aneinander. Das Ergebnis meiner bildlichen Umsetzung
konnte allerdings nicht betrachtet werden, da wir in dieser Zeit über keine technischen Möglichkeiten verfügten, Filmaufnahmen vor ihrer Entwicklung zu sichten.
Vorwegnehmen möchte ich aber, dass das Endprodukt
meiner Kameraarbeit ebenso herausragend war wie die
redaktionelle Textarbeit. Daher erstaunt es auch nicht,
dass der Filmbeitrag unseres Teams später mit einem Preis
ausgezeichnet wurde.

Irgendwie mussten wir bereits an diesem Abend ge-
spürt haben, dass unsere Arbeit von Erfolg gekrönt war,
und wir wollten auf jeden Fall den Tag gebührend aus-
klingen lassen. Das hatte zur Folge, sich gründlich mit

dem Inhalt der Geschenkkartons auseinanderzusetzen, und ich glaube, viel haben wir von diesem großzügigen Geschenk nicht mehr mit nach Hause gebracht.

Die nachhaltige Wirkung blieb auch nicht aus, denn mit der Weinverkostung am Vormittag war dafür bereits der Grundstein gelegt und zu vorgerückter Stunde hatten wir alle unseren Alkoholspiegel wieder so aufgefüllt, dass jegliche Selbstkontrolle außer Gefecht gesetzt wurde. Mein Kamerakollege hatte sich anscheinend bei der Vernichtung des Alkoholvorrates etwas zu sehr beeilt und lag somit in Führung. Seine Zunge war mehr als gelöst, seine Kreativität kannte jetzt keine Grenzen und in solchen Situationen ließ er sich immer etwas Ungewöhnliches oder auch Groteskes einfallen.

Aus heiterem Himmel meinte er plötzlich, eine Rede an *sein* Volk halten zu müssen, und nichts auf der Welt konnte ihn davon abhalten, den nächtlichen Balkon zu seiner Tribüne zu machen. So stand er im Handumdrehen am schmiedeeisernen Geländer hoch über dem Marktplatz von Wismar und unternahm alle Anstrengungen, um in eine aufrechte Position zu gelangen.

Obwohl mein Reaktionsvermögen auch nicht mehr das beste war, stürzte ich hinterher und versuchte ihn zurückzuhalten. Einerseits war es eine Vorahnung, dass mein Kollege etwas Verwerfliches vorhatte, andererseits hatte ich Angst, er könne in seinem Suff vom Balkon fallen. Er hingegen hielt sich krampfhaft am Geländer fest und versicherte mir, dass er nur darüber nachdenken wolle, womit man morgen früh den Marktplatz etwas mehr beleben könne. Beruhigt ließ ich ihn los und stolperte in das Zimmer zu den anderen zurück, die mittlerweile unter großem Kraftaufwand bemüht waren, ihre Hosen auszuziehen.

Draußen auf dem Marktplatz herrschte jetzt völlige Stille. Die Müdigkeit nahm langsam auch von mir Besitz. Ich stand völlig mit mir selbst beschäftigt vor dem Bett und hatte ebenfalls erhebliche Mühe, mich aufrecht zu halten. Als ich gerade den fast vergeblichen Versuch unternahm, mich in senkrechter Haltung von den Hosen zu befreien, hörte ich plötzlich in befehlendem Tonfall die Stimme meines Kollegen.

Erschrocken, ein Hosenbein noch angezogen, das andere bereits in der rechten Hand, fiel ich zurück auf mein Bett, aus dem ich aber genauso schnell wieder herauskam. Mit halb herunterhängender Hose rannte ich zum Balkon – und was ich dort sah und auch gleich zu hören bekam, übertraf all meine Befürchtungen. Mit beiden Händen fest auf das Geländer gestützt, unterbrach mein Kollege die nächtliche Stille des kleinen Hansestädtchens und verkündete laut und vernehmlich: »Mein Volk, hiermit befehle ich euch, morgen früh pünktlich um 9 Uhr in Begleitung einer Blaskapelle zwecks Erschießung anzutreten!«

Ich traute meinen Ohren nicht. Wie vom Blitz getroffen, rafften sich jetzt auch meine Kollegen auf und versuchten ihn mit vereinten Kräften schnell in das Innere des Zimmers zu ziehen. Es war kaum auszudenken, was passiert wäre, hätte jemand diese Worte vom Balkon des Gästehauses der SED-Bezirksleitung gehört. Die Konsequenzen für uns wären unvorstellbar gewesen. All unsere Bemühungen waren von nun an darauf gerichtet, meinen Kollegen von weiteren Untaten abzuhalten und ihn in die Horizontale zu befördern. Unter großem physischem Aufwand fielen wir alle mehr oder weniger benommen und total erschöpft in unsere Betten.

Der kommende Morgen kündigte sich mit ohrenbetäubender Blasmusik an, die durch unser weit geöffnetes Fenster drang.

Was war geschehen? Vermutlich war es ein böser Traum, dennoch sprang ich aufgeschreckt aus meinem Bett und stürzte ans Fenster. Auf dem Marktplatz war ein buntes Treiben zu sehen und eine Blaskapelle intonierte gerade den »Radetzkymarsch«.

In meinem noch leicht benebelten Gehirn ratterte es. Irgendetwas von Erschießung und Blasmusik schoss mir durch den Kopf. Aber was ging hier vor? Realität oder Albtraum?

Ich weckte die anderen Kollegen, denen es ähnlich zu gehen schien, auch sie wussten nicht, ob sie wachten oder träumten.

Glücklicherweise klärte sich nach dem Frühstück alles auf: Der traditionelle Markttag in Wismar begann häufig mit einem Frühkonzert des heimatlichen Blasorchesters.

Die Antwort

Das letzte halbe Jahr meiner Armeezeit ist wohl, so glaube ich, der wichtigste Abschnitt für mich gewesen. War es Zufall oder Vorsehung, es sollte einen weiteren Höhepunkt in meiner Kulturarbeit geben – und damit meine ich die Arbeit an einem Film. Nun wird jeder denken: Aha, jetzt kommt endlich die Geschichte vom Schmalfilmzirkel! Weit gefehlt, nein, es geht um einen 35-mm-Kinofilm, der eine längere Entstehungsgeschichte hat, die über viele Hindernisse führte und mich manchmal an den Rand der Verzweiflung brachte.

Anfangs hatten wir zwar einen Schmalfilmzirkel ins Leben gerufen, verfügten aber nicht im Geringsten über eine technische Ausrüstung, von einer Kamera gar nicht zu reden. Interessenten für diesen Zirkel gab es einige, aber wie sollten wir ohne eine Filmkamera den Soldaten eine Lektion in Sachen Film erteilen? Also setzten wir uns wieder einmal zusammen, um zu beraten.

Wie im richtigen Filmgeschäft auch, so musste zunächst eine Idee her, und die kam, wie beim Autorenfilm üblich, von unserem Regisseur René. In seinen Spinnstunden hatte er sich um eine spielfilmgerechte Stoffentwicklung bemüht, bei der insbesondere die Authentizität des einzufangenden Armeealltags im Vordergrund stand. Die Handlung, eine ganz individuelle Geschichte über einen Soldaten aus unserer Einheit, sollte in einem Armeeobjekt spielen und an diesem Ort auch realisierbar sein. Renés äußerst intellektuelle Herangehensweise an ein solches Projekt war uns bekannt und wir schlussfolgerten, dass nicht irgendeine Geschichte erzählt werden sollte, vielmehr musste sie – dramaturgisch und in ihrer Bildsprache – höchsten Ansprüchen gerecht werden.

Für die Umsetzung dieser Geschichte gab es für mich eine erste Hürde zu überwinden: Wie sollte ich als Kameramann einen Film drehen, wenn ich nicht einmal über eine Kamera verfügte? Trotzdem ließ ich René weiter an dem Exposee stricken, irgendetwas würde mir schon einfallen und ich hatte auch schon eine Idee, wo ich mir eventuell die Technik ausleihen konnte. Langsam nahm unser Vorhaben Formen an.

Wie anfangs beschrieben, befasste sich die Story mit einem Soldaten, der sich in seiner dienstfreien Zeit mit einem interessanten Hobby beschäftigte – er fertigte in einem der Klubräume des Kulturhauses Linolschnitte an. Diesen Entstehungsprozess mit der Kamera in all seinen Arbeitsabläufen effektvoll darzustellen, sollte den Handlungsrahmen der Geschichte ausmachen. Die inhaltliche Auseinandersetzung des Soldaten bei der Erschaffung eines Portraits bildete den roten Faden im dramaturgischen Ablauf des Filmes. Der Motivation, ein ganz bestimmtes Bild herzustellen, sollte ein sehr persönliches Erlebnis unseres Darstellers vorausgehen, das ihm nicht mehr aus dem Sinn ging.

Die optische Seite dieses Schöpfungsprozesses hatte René im Kopf bereits abgeschlossen. Vielmehr beschäftigte ihn die Gestaltung des Prologs, also der Beginn des Filmes, und gerade dieser Anfangssequenz wollte er eine besondere Bedeutung zukommen lassen. Er dachte sich, nicht einfach mit dem Soldaten anzufangen, sondern mit Kinderzeichnungen, die sich thematisch mit dem Inhalt eines Liedtextes beschäftigen. Als musikalische Vorlage schwebte in seinem Kopf der bekannte Bob-Dylan-Titel *»Die Antwort weiß ganz allein der Wind«*, gesungen von Marlene Dietrich, herum, der ihn einfach nicht mehr losließ. Zu jeder Textzeile passend sollten besonders schöne Kinderzeichnungen beim Zuschauer die erhofften Emotionen transportieren.

Weiter kamen wir mit unserer gemeinsamen Arbeit an diesem Vorhaben nicht, denn René musste erst einmal seinen Jahresurlaub antreten, denn dieses war schließlich Befehlssache, und so machte er sich samt Exposee auf die Heimreise, um dort weiter an diesem Stoff arbeiten zu können.

Seine Abwesenheit hätte für mich eigentlich die Rückkehr in den Armeealltag bedeutet und da ich dies um jeden Preis verhindern wollte, beschäftigte ich mich intensiv mit dem logistischen Teil der Material- und Technikbeschaffung.

In puncto Filmmaterial fiel mir meine Assistenzzeit im DEFA-Studio ein, die Arbeitsstelle, die ich wegen des Grundwehrdienstes hatte verlassen müssen. Hier würde ich zwar Restposten von Rohfilmmaterial auftreiben, aber wie konnte ich eine Kamera organisieren? Ich überlegte lange, bis mir meine freundschaftliche Verbindung zur Filmhochschule einfiel. Vielleicht konnte ich dort für einige Tage eine Kamera ausleihen. Den Support-Verwalter der Hochschule kannte ich persönlich aus meiner Praxiszeit und mit seiner Hilfe würde ich sicherlich eine Möglichkeit finden, zu einer Kamera zu gelangen. Was jetzt noch fehlte, waren Lampen, ohne die ich keine Innenaufnahmen realisieren konnte, und entsprechende Bühnentechnik, zum Beispiel einen Schienenwagen, den man bekanntlich für Kamerafahrten benötigt. All diese Pläne mussten jetzt in die Tat umgesetzt werden, deshalb eilte ich zu meinem Kulturoffizier, um ihm mein Anliegen vorzutragen.

Wie ich gehofft hatte, war er von meinem Vorhaben begeistert, und ich bekam einen Armee-LKW samt Fahrer zur Verfügung gestellt. Endlich konnte es losgehen!

Meine Dienstreise führte mich zuerst zum Armeefilmstudio nach Berlin-Biesdorf, um dort die Bühnen- und Beleuchtungstechnik zu verladen. Danach fuhr ich nach Babelsberg an die Filmhochschule, um eine alte kastenförmige Studiokamera nebst Stativ abzuholen. Von dort aus ging es in mein altes Studio, um meine Equipment-Sammlung mit Rohfilmmaterial zu vervollständigen. Jetzt hatte ich alles, damit aus unserem Vorhaben ein kleiner Spielfilm entstehen konnte, und so fuhr ich zufrieden zurück an den ungewöhnlichen Drehort »Fünf Eichen«.

Renés Urlaub war nicht ungenutzt verstrichen. Er hatte nicht nur das Exposee zu Ende geschrieben, sondern auch einen befreundeten Dramaturgen besucht, dem er von unserem Vorhaben erzählte hatte. Überzeugt, dass dieser Stoff es wert sei, professionell produziert zu werden, riet dieser ihm, zum Armeefilmstudio zu fahren. Dort unterbreitete René seine Idee einem weiteren Dramaturgen, der von diesem Projekt so begeistert war, dass er die Realisierung gleich dem armeeeigenen Studio überlassen wollte, was René jedoch kategorisch ablehnte. Schließlich einigten sich beide auf einen Kompromiss, der beinhaltete, dass wir alles so machten, wie es von uns angedacht war.

Was folgte, waren sechs Drehtage, die wohl keiner von uns so schnell aus seinem Gedächtnis streichen würde. Die späte Jahreszeit veranlasste uns, zuerst mit den Außenaufnahmen zu beginnen, die einen ganzen Tag in Anspruch nahmen. Unser Hauptdarsteller war ein sympathischer junger Mann, den wir aus einer Reihe von etwa zehn Soldaten ausgesucht hatten. In erster Linie ging es René um die äußere Erscheinung seines Darstellers, darüber hinaus musste er in der Lage sein, die Regieanweisungen des Meisters entsprechend umzusetzen, was für einen Laien manchmal nicht ganz einfach ist.

Die Nebenrolle wurde mit einem sechsjährigen Mädchen besetzt, welches für uns mehrmals an einem Zaun entlanglaufen musste, um dem auf der anderen Seite des Zaunes patrouillierenden Soldaten Fragen zu stellen. Als das nach mehreren Anläufen gelungen war, konnten wir das Mädchen beruhigt nach Hause entlassen und waren außerdem für die kommenden Drehtage nicht mehr vom Wetter abhängig.

Die restlichen fünf Tage waren für den Innendreh bestimmt, der hohe Ansprüche an mich stellte, und besonders was das Drehverhältnis anbetraf, war ich aufs Äußerste gefordert. Dieses Verhältnis schreibt vor, wie oft eine Szene wiederholt werden darf. Es wurde damals mit einem Verhältnis von 1 zu 3 angesetzt. Vereinfacht heißt dies: Dem Filmemacher sollte das Dreifache der tatsächlichen Filmlänge an Rohfilm zur Verfügung stehen. In meinem Fall verhielt es sich allerdings etwas anders, denn ich hatte nur wenige Meter mehr an Material zur Verfügung als für ein Drehverhältnis von 1 zu 1 erforderlich gewesen wäre. Dies war eine Herausforderung, der ich mich stellen musste, egal, wie die Dreharbeiten letztlich ausgingen.

Im weiteren Arbeitsablauf wurde ich bereits am zweiten Tag mit einem neuerlichen Problem konfrontiert, das in mir zunächst alle Hoffnungen, diesen Film jemals zu Ende zu bringen, schwinden ließ. Wir waren gerade dabei, die letzte der so genannten »Totalen« abzudrehen, als sich einer unserer beiden größten Scheinwerfer mit einem lauten Knall verabschiedete. Für mich war es völlig unverständlich, denn beide Lampen waren neu und hätten noch unzählige Drehtage überstehen müssen. Aber es sollte noch schlimmer kommen, denn in den nächsten Tagen wiederholte sich dieser Effekt zwei Mal in Folge! Ich war am Verzweifeln, denn die Scheinwerfer waren nur geliehen und an Ersatz war in der mecklenburgischen Einöde nicht zu denken.

Letztlich aber hatten wir Glück im Unglück. Der Zufall wollte es, dass wir die notwendigen Filmeinstellungen mit dem erforderlichen Lichtaufwand vor den Lampenausfällen im »Kasten« hatten. Bei der mühseligen Suche nach der Pannenursache stellte sich später heraus, dass die Fehlerquelle beim Stromanbieter lag. Kein Geringerer als das Elektrizitätswerk Neubrandenburg hatte das Energienetz mit einer beträchtlichen Überspannung beliefert. Wen wundert es also, wenn unsere Lampen bei diesem Kraftstrom ihren Geist aufgaben.

Mit viel Energie und dem persönlichen Engagement aller Beteiligten gelang es uns schließlich, allen widrigen

Umständen zu trotzen. Wir feilten minutiös an jeder Einstellung und probten sie bis zur Erschöpfung. Gedreht wurde erst, wenn klar war, dass keine Wiederholung der Szene mehr notwendig war.

Erstaunlicherweise ist uns das fast ausnahmslos gelungen. Wir drehten bis in die Nacht des letzten Tages hinein, dann hatten wir es endlich geschafft.

Wenige Tage später reiste René nach Berlin und Babelsberg, um dort die Postproduktion in Angriff zu nehmen. Nach etwa einer Woche tauchte er mit einer Kopie des fertigen Filmes wieder bei uns auf und schleppte die Büchsen umgehend zu unserem Filmvorführer. Mein Kollege und ich waren auf alles vorbereitet, was es an Überraschungen geben könnte, und folgten René unsicher, aber gespannt in den leeren Kinosaal, der im verstaubten Halbdunkel bereits auf seine drei Filmemacher zu warten schien.

Unruhig in meinem Kinosessel sitzend, erinnerte ich mich noch einmal an die Anspannung beim Kommando »Kamera ab!« während der Drehzeit. Jetzt aber vermisste ich das »Film ab!«, wie ich es stets bei Vorführungen in meinem alten Studio erlebt hatte, hörte aber im selben Moment hinter mir bereits das leise Schnurren des laufenden Filmprojektors. Das Licht verdunkelte sich allmählich, so, wie in einem großen Filmtheater. Zugleich wurde die Leinwand langsam heller und die markante samtig tiefe Stimme der Dietrich erzeugte bei mir ein leichtes Schauern auf der Haut. Die erste Zeile des Liedes *Die Antwort weiß ganz allein der Wind*, bildlich unterlegt mit Kinderzeichnungen, übertraf all meine Erwartungen. Danach blendete sich der gleichnamige Titel ein, um nach der ersten Liedstrophe in den Realteil des Filmes überzuleiten:

Die Kamera beobachtet einen Soldaten bei seinem Wachgang und folgt seinem Weg entlang des Zaunes. Mit einer MP bewaffnet, den Stahlhelm fest angezurrt, patrouilliert er gelangweilt auf dem vorgeschriebenen Weg ohne Ziel. Hinter dem Zaun sieht man ein kleines spielendes Mädchen. Es hüpft dem Soldaten hinterher und hängt sich schließlich an die Maschen des Drahtzaunes.

Hier beginnt die erste und einzige Textstelle des Filmes. Das Mädchen fragt den Soldaten: »Soldat, warum bist du Soldat?«

Dieser aber antwortet nicht auf die Frage der Kleinen, denn Gespräche sind ihm auf dem Wachgang grundsätzlich untersagt.

Szenenwechsel.

In einem Raum des Klubhauses versucht der Soldat, eine Skizze des kleinen Mädchens mit Kohle auf ein weißes Blatt Papier zu zeichnen. Die folgenden Bildsequenzen beleuchten Handlungen, an denen die verschiedenen Arbeitsphasen bei der Herstellung eines Linolschnittes erkennbar werden. Das alles war zu einer interessanten Bildmontage zusammengefasst worden, die besonders durch ihre Schnittfolge Spannung erzeugte.

Erst kurz vor der Fertigstellung des Bildes hört man noch einmal die Frage des Mädchens: »Soldat, warum bist du Soldat?«

Jetzt nimmt der Darsteller das fertige Bild und geht zur Wand, um es dort aufzuhängen. Er betrachtet sein Werk nachdenklich, indes sich die Kamera in einer langsamen Fahrt auf das Portrait der Kleinen zu bewegt. Dann ist erneut die Stimme des Mädchens mit derselben Frage zu hören.

Als wolle er sein Bild signieren, nimmt unser Akteur ein Stück Zeichenkohle zur Hand und beantwortet mit leichtem Schriftzug am unteren weißen Bildrand die Frage. Die Kamera verdichtet auf das Geschriebene und der Zuschauer erfährt die Antwort: »... *dass nie ein Schatten auf dich fällt!*«

Als nach dem Abspann langsam das Licht anging, schauten wir uns an und unsere Gesichter erhellten sich. Unsere Anstrengungen hatten sich gelohnt.

Lichte Höhe

Unser Reisebus hörte auf den schönen Namen *Robur* – und robust war er in jeder Hinsicht, denn sein starker Dieselmotor brachte es immerhin auf eine Reisegeschwindigkeit von rund 80 Kilometern pro Stunde. Mit einem besonders kraftvollen Brummen demonstrierte der Motor zwar seine Pferdestärken, ließ aber im Wageninneren bei den Fahrgästen kaum eine angeregte Unterhaltung zu. Seine durchaus kräftige, aber harte Federung reagierte auf die alte marode Autobahn mit kurzen rhythmischen Stößen, die selbst einen hartgesottenen Insassen am Einschlafen gehindert hätte.

Mit einem Drehstab der DEFA befand ich mich auf Dienstfahrt.

Der mit gerade mal sechs Personen besetzte Bus und die auf der Rückbank befindliche schwere Filmtechnik verließen an der Abfahrt Bitterfeld die Autobahn. Damit hatte ich zusammen mit meinen Kollegen endlich den ersten Teil einer langen Rüttelpartie hinter mir gelassen. Wer es trotz des harten Rittes über die Betonpiste wirklich geschafft hatte, sein Nickerchen zu machen, der erwachte spätestens jetzt durch weitaus heftigere Schlaglöcher auf der Landstraße nach Bitterfeld.

Unser Produktionsleiter hatte auf der zurückliegenden Fahrstrecke mühsam versucht, Aufzeichnungen in seinen Produktionsunterlagen vorzunehmen. Mutig breitete er jetzt seine Kladde auf dem Schoß aus und forderte jeden von uns einzeln auf, in sein auf der vorderen Sitzbank eröffnetes »Büro« zu kommen. Wie auf solchen Dienstreisen üblich, bekam jeder Kollege sein Tagegeld für die ersten drei Drehtage – das waren immerhin 21 Mark, die darauf warteten, am Abend im Hotel »Bitterfelder Hof« in feste und flüssige Nahrung eingetauscht zu werden.

Vor uns lagen noch etwa elf Kilometer bis zur Chemiemetropole Bitterfeld. Langsam kündigten sich Vorboten einer Region an, von der es in der offiziellen Propaganda hieß: *»Chemie bringt Wohlstand und Glück«* – und so tauchten wir ein in diese Glück bringende Chemielandschaft. Das gigantische Kombinat konnte jetzt nicht mehr weit sein, denn etwa alle 500 Meter gelangte ein völlig anderer penetrant fauliger Geruch in das Wageninnere, der unseren Glauben an Wohlstand und Glück unmittelbar ins Wanken brachte.

Unser Auftrag lautete, allem Ungemach zum Trotz im Zentrum dieser Hexenküche einen Film zu realisieren, der in schönen Bildern den Weg zum versprochenen Glück erklärte.

Die Geschichte des Filmes sollte erzählen, wie aus dem Rohstoff Erdöl auf endlos verschlungenen dampfenden Rohrleitungswegen neben vielen anderen Chemieerzeugnissen ein neues chemisches Nebenprodukt entsteht: Parfüm. Am Ende der übel riechenden Produktionskette dieses Chemiegiganten versprach man einen neuen Geruch, einen Duft, der Menschen verzaubern und Glücksgefühle hervorrufen sollte. Schwer vorstellbar, dass so Kosmetik produziert wird. Aber schließlich gab es den populärwissenschaftlichen Film, der dieses Wunder in laufenden Bildern den Menschen erklären sollte. Durch ihn sollte selbst einem Chemiearbeiter aus Bitterfeld klar werden, warum er den zum Himmel stinkenden Klassenauftrag zu erfüllen hatte. Wie gut, dass es weder damals noch heute den Geruchsfilm gab! Allein die Vorstellung der Abnahme eines solchen Filmes im DEFA-Studio wäre kaum denkbar, denn hier saßen schließlich unsere *Klassenauftraggeber*. Die Vorführung dieses Filmes – und die damit verströmenden *Landschaftswohlgerüche* – hätte bei einigen von ihnen sicherlich zur Anästhesie geführt.

Dem Planziel entgegen, kämpfte sich unser *Robur*-Reisebus tapfer durch die Geruchsküche der Bitterfelder Industrielandschaft. Eingehüllt in das monotone Tuckern des Dieselmotors, zog an uns das wechselnde Panorama rauchender Schlote vorbei und nur gelegentlich wurde die Langeweile der grauen Tristesse durch große Aufsteller am Wegesrand unterbrochen. Diese heroischen Werbeträger bemühten sich, manchmal in schlichten Druckbuchstaben, vereinzelt auch mit futuristischen Farbbildern unterlegt, zu überzeugen, dass der Sieg des Sozialismus unaufhaltsam voranschritt.

Irgendwann kamen wir an eine Brücke und wie es die Vorschrift forderte, war an ihr ein Hinweisschild mit dem Namen und der Höhenangabe befestigt.

»Anhalten! Anhalten!«, schrie plötzlich unser Regisseur dem Fahrer unseres Busses zu.

Irritiert und leicht verstört brachte unser Kraftfahrer die Rüttelkiste unter heftigem Schütteln zum Stehen.

»Du musst noch einmal ungefähr hundert Meter zurückfahren!«, fuhr er fort und mir zugewandt rief er befehlend: »Wir packen mal Kamera und Stativ aus!«

Unser Busfahrer versuchte umständlich hinter der Brücke zu wenden, fuhr zurück und folgte den weiteren Regieanweisungen unseres Meisters.

Nicht weniger verwirrt begann ich mich über die Kamerakisten herzumachen, während sich meine Kollegen fragend anschauten, was das Ganze wohl zu bedeuten hatte. Ich nahm an, dass unser Regisseur ein überzeugendes Industriepanorama entdeckt hatte, und ich begann, die Kamera seitlich der Landstraße auf das Stativ zu setzen.

»So, und nun schaut mal, das müssen wir einfach drehen!«, ereiferte sich unser Regisseur und deutete mit dem Finger auf einen von uns im Vorbeifahren unbeachteten Aufsteller. Auf diesem war in schlichten großen Druckbuchstaben zu lesen: »*Erklimmt die lichten Höhen des Sozialismus!*«

Für mich eine sehr typische wiederkehrende Parole, mit der ich nichts anfangen konnte. Warum sollte gerade dieser unsinnige Aufruf unseren Film schmücken? Weiter kam ich mit meinen Betrachtungen nicht, als unser Regisseur zu mir gewandt fortfuhr: »Du machst einen Schwenk von diesem Aufsteller nach links und fährst ran auf das Hinweisschild an der Brücke!«

Erst jetzt fiel bei mir der Groschen, denn auf dem Hinweisschild der Brücke stand: *Lichte Höhe 4,60 m*

Die Kettenbrücke

Urlaub ist bekanntlich die schönste Jahreszeit. Von der Ostsee bis zum Thüringer Wald stellte der FDGB dem werktätigen Volk eigens dafür eine Reihe seiner beliebten Ferienheime zur Verfügung.

Seltener, dafür aber umso begehrter, waren Urlaubsreisen in die Ungarische Volksrepublik – und auf einer solchen befand ich mich mit meiner besseren Hälfte.

Unser kleiner knallrot lackierter Trabant näherte sich der ungarischen Hauptstadt, unser Zwischenstopp auf dem Weg an den *Balaton*. Ein Betriebsferienplatz meiner Frau wartete dort auf uns und solch ein Urlaubsplatz in Ungarn war schon an sich wie ein kleiner Lottogewinn. Für uns aber gab es außerdem noch einen Zusatzgewinn, denn meine Frau hatte von ihrer West-Tante ein besonderes Geschenk erhalten: Es waren 50 West-Mark und dieses Kapital hatten wir sicher durch den Zoll geschmuggelt. Mit 50 West-Mark in Forint getauscht konnte man viel einfacher an den *Balaton* fahren, sogar noch zwei Tage Budapest einschieben, und genau das hatten wir vor. Mit diesem kleinen Vermögen in der Tasche bezogen wir ein Privatquartier in Budapest und malten uns aus, was wir alles anstellen wollten.

Der kommende Tag war der Geburtstag meiner Frau und sollte der wichtigere der beiden Tage werden. Wir entschlossen uns, diesen Tag mit einer Wanderung über die Kettenbrücke auf die Budaer Burg zu beginnen, dort würde sich alles Weitere finden.

Nach dem Frühstück machten wir uns auf den Weg in das Zentrum der Donaumetropole und auf der Kettenbrücke angelangt, bedrängten uns bereits die ersten Händler in Sachen Geldtausch mit ihren verlockenden Angeboten. Verwegen aussehende dunkelhäutige Typen versuchten trickreich, Touristen zum Wechseln ihres Geldes zu animieren. Unsere ungarischen Gastgeber hatten uns darauf hingewiesen, mit diesen Leuten keinesfalls Tauschgeschäfte zu machen, und durch die ausführliche Beschreibung unserer Wirtsleute war ich sogar in die Vielfalt ihrer Tricks eingeweiht worden.

Mit diesem Grundwissen ausgestattet, wollten wir – neugierig wie wir waren – unser Talent testen und uns trotzdem auf ein kleines Tauschabenteuer einlassen. Mein Angebot bestand aus den bereits erwähnten 50 D-Mark und so ließen wir die Männer gelassen auf uns einreden. Einer der schnauzbärtigen dunklen Gesellen bot uns auch gleich eine beträchtliche Anzahl von Forint-Scheinen an. Angereizt, aber skeptisch sah ich zu meiner Frau, die mir zunickte, was bedeutete, dass wir es wagen konnten, denn unsere Vorgehensweise war vorher genau besprochen worden. Der Deal begann.

Die in der einen Hand des Schnauzbärtigen befindlichen ungarischen Banknoten waren zu einem Bündel zusammengerollt und sollten den genannten Betrag enthalten. Gewarnt und misstrauisch ließen wir uns jeden einzelnen Schein vorzählen, ein Irrtum war somit ausgeschlossen. Als die Summe erreicht war, nahm ich das Geldbündel und rollte es selbst wieder zusammen. So in meine rechte Hand eingerollt, konnte nichts mehr schief gehen. Der Händler bekam den Fünfziger, wir drehten uns um, freuten uns über den gelungenen Coup und machten uns auf den Weg zur Budaer Burg.

Nachdem wir gerade mal fünf Meter zurückgelegt hatten, rief uns einer der drei Männer hinterher: »Halt, Madame! Moment bitte!«, kam auf uns zu, klopfte mir auf die Schulter und zischte meiner Frau zu: »Vorsicht, Police! Ihr Mann schnell das Geld verstecken!« Damit ließ er wieder von uns ab und verschwand eilig mit den anderen drei Gestalten in die entgegengesetzte Richtung.

Ich sah mich um, Polizei konnte ich nirgendwo entdecken, die Händlergruppe aber schien wie vom Erdboden verschluckt. Der Autostrom auf beiden Fahrbahnen der Brücke floss gleichmäßig dahin und auf dem schmalen Gehsteig neben der Fahrbahn kamen uns die nächsten Touristen entgegen. Aber keine Spur von den Männern. Irgendwie erschien uns das seltsam. Wo waren sie? Zwischen den Autos auf unserer Fahrbahn hätten sie sich geschickt durchwinden können, doch zur Gegenfahrbahn gab es keinen Schlupfwinkel.

Da uns die ganze Geschichte jetzt etwas unheimlich vorkam, blieben wir verunsichert stehen, um noch einmal unser Geldbündel zu zählen, das ich krampfhaft umschlossen in der Hand hielt. Als wir die von mir sorgfältig zusammengerollten Banknoten aufblätterten, trauten wir unseren Augen nicht: Der oben liegende Geldschein war echt, aber alle nachfolgenden Banknoten waren wertlos.

Wie konnte das geschehen? Jeden Schein hatte ich im Beisein meiner Frau einzeln gezählt und auch selbst zusammengerollt! Hier konnte nur ein Zauberer am Werk gewesen sein.

Ich merkte, wie alles Blut aus meinem Kopf in die Beine floss. Meine Frau bekam einen hysterischen Anfall. War alles nur ein böser Traum?

Während ich noch einmal nachzählte, zog mich meine Frau am Arm und zeigte in die Richtung, aus der wir gekommen waren: »Komm, beeil dich! Die müssen noch auf der Brücke sein!«, schrie sie mir zu, damit zog sie mich förmlich hinter sich her und beschleunigte ihre Schritte. Fast im Laufschritt schlängelten wir uns durch die entgegenkommenden Passanten, um wieder zu unserem Ausgangspunkt zurückzugelangen.

Neben dem Gehsteig rollte die Lawine des ununterbrochenen Autostroms auf die *Budaer* Seite zu. Die Gegenfahrbahn zur *Pester* Seite war durch Querverstrebungen aus Stahl sicher abgeschottet und selbst wenn es einem gelang, durch den Fahrzeugstrom im Zickzack auf die Mitte der Brücke zu kommen, gab es keine Möglichkeit, durch die Stahlstreben die andere Fahrbahnseite zu erreichen. Also mussten die Männer noch auf unserer Seite sein, wenn auch vermutlich weit voraus.

Immer den existenziellen Fünfziger vor Augen rannten wir wie um unser Leben bis an den Brückenanfang zurück – jedoch ohne Erfolg. Selbst auf der *Pester* Seite war nichts von den dunklen Gestalten zu sehen. Verzweifelt gaben wir unsere Verfolgungsjagd auf.

Mit dem wenigen Geld, das uns verblieben war, beschlossen wir, wieder zurückzulaufen, um wenigstens den Nachmittag und einen Teil des Abends im Burgviertel zu verbringen. Meine Frau war außer sich und ich hatte

Mühe, sie zu beruhigen. Das sollte nun ihr Geburtstag sein? Unsere Pläne, die Burgbesichtigung und danach ein exzellentes Essen mit Blick auf das nächtliche Budapest, sie waren dahin.

In gedrückter Stimmung schlenderten wir langsam den gleichen Weg auf der Kettenbrücke wieder zurück. Der Autostrom war inzwischen dünner geworden und plötzlich bemerkte ich etwas Seltsames: Etwa nach dem ersten Drittel des Weges fielen mir zwei senkrecht verlaufende Stahlträger auf, die geringfügig voneinander getrennt waren. Ich machte meine Frau darauf aufmerksam und wir huschten durch die Autos hindurch auf die mittlere Trennlinie. Auf diesem schmalen Stück angelangt, stellten wir fest, dass der Spalt zwischen den beiden Brückenpfeilern etwa dreißig Zentimeter betrug und damit gerade ausreichte, um mit eingezogenem Bauch hindurchzuschlüpfen.

Uns ging ein Licht auf. Auf diese Weise waren unsere Händler auf die andere Seite entwischt und für uns unsichtbar entkommen. Erleuchtet, aber wütend kehrten wir wieder zurück, um unseren Weg zur Budaer Burg fortzusetzen.

Meine Frau überlegte und ihre Erregung war noch nicht abgeklungen, als sie mir kurzentschlossen ihr Vorhaben mitteilte: Da die Täter mit Sicherheit Profis waren, würden sie in kürzester Zeit ihre Tauschgeschäfte wieder aufnehmen. Und aus dieser Erkenntnis heraus reifte bei ihr der Plan, das Geld mit allen Mitteln zurückzuerobern. Sie war sich sicher, dass die Männer sehr schnell neue Opfer unter den Touristen suchen würden, und genau da wollte sie ansetzen und ihnen das Geschäft vermasseln.

Sie sollte Recht behalten.

Wir waren fast am anderen Ende der Brücke angelangt, als wir sahen, wie zwei der uns bekannten Gesichter mit einem jungen Touristenpärchen unter der Brücke
verschwanden, denn an beiden Brückenenden führten
Treppen hinab zur Donau.

Spontan reagierte meine bessere Hälfte und schrie über
das Brückengeländer gelehnt nach unten: »Tauschen Sie
nicht! Das sind Betrüger! Tauschen Sie nicht!«

Die beiden jungen Leute waren völlig verunsichert und
unterbrachen umgehend ihre Tauschaktion. Wütend ließen die Männer ihre Opfer laufen und verschwanden unter der Brücke auf die andere Seite. Wir taten das Gleiche,
nur oben auf der Brücke. Dort angelangt, rannte meine
Frau wieder an das Geländer, beugte sich rüber und schrie
erneut den gerade unten angekommenen Männern zu:
»Ihr Betrüger! Ich will mein Geld zurück, sonst versaue
ich euch alle Geschäfte!«

Der Schnauzbärtige von den Männern rief nun zy-
nisch lächelnd zurück: »Wollen Sie ficken, Madame?«

Mit der Hartnäckigkeit meiner Frau aber hatten sie
anscheinend nicht gerechnet, denn sie wiederholte mehrmals ihre Drohung: »Ich komme immer wieder und werde
euch so lange das Geschäft versauen, bis ich alles Geld
zurück habe!«

Die Gefahr, in die sie sich damit begab, war ihr, glaube
ich, nicht bewusst. Diese aus Siebenbürgen stammenden
Illegalen hatten letztlich nichts zu verlieren, bei ihnen saß
das Messer locker und es würde ihnen nicht schwer fallen,
davon Gebrauch zu machen

Der Schnauzbärtige, der eben noch meine Frau be-
leidigt hatte, stand plötzlich vor uns und hielt uns einen

größeren Geldschein entgegen. Laut schimpfend drückte er meiner besseren Hälfte den Schein in die Hand, um im selben Moment wieder zu verschwinden.

Obwohl meine Frau innerlich immer noch zitterte, rief sie ihm nach: »Wir kommen morgen wieder und holen uns den Rest!«

Trotz des großen Scheines fehlte noch etwa ein Drittel des Geldes. Immerhin hatte sich der Kampf mit verbalen Waffen erst einmal gelohnt und von diesem Teilerfolg ermutigt, begannen wir den Aufstieg ins Burgviertel.

Oben angelangt, suchten wir uns ein schönes Plätzchen und genossen entspannt den Ausklang dieses turbulenten Tages. Als wir anschließend etwas essen gingen, fühlten wir uns schon ein wenig relaxter und konnten mit einem Glas Muskateller auf den Geburtstag meiner besseren Hälfte anstoßen.

Der Wein schmeckte vorzüglich und ermutigte uns, morgen noch einmal für den Rest des fehlenden Geldes in den Kampf zu ziehen. Schließlich wollten wir für eine Woche an den Balaton fahren und dazu fehlte uns noch der Teil, um den man uns betrogen hatte.

Am nächsten Morgen hatten wir frühzeitig unsere Koffer gepackt und uns reisefertig gemacht. Unseren Trabi parkten wir unweit der Kettenbrücke und begaben uns erneut auf die Suche nach dem verlorenen Schatz.

Es dauerte nicht lange, wir hatten gerade die Brücke betreten, als wir etwa hundert Meter vor uns eine Touristengruppe am Geländer stehen sahen. Dicht bei der Gruppe entdeckten wir drei der uns bekannten Gestalten. Ein Tauschgeschäft war im Entstehen. Ohne zu zögern, gingen wir zielstrebig auf die Gruppe zu und meine Frau rief schon von Weitem: »Tauschen Sie nicht, das sind Betrüger!«

Die Touristen reagierten sofort und beendeten auch prompt ihre Aktion. Mir war in diesem Moment etwas mulmig zumute, weil ich dachte, jetzt werden sie uns vermutlich zusammenschlagen. Meine Frau festhaltend, blieb ich wie erstarrt stehen. Auf der Brücke waren mehrere Touristengruppen unterwegs und das schien auch der Grund zu sein, weshalb zwei der Männer in die entgegengesetzte Richtung verschwanden und allein der Schnauzbärtige zielstrebig auf uns zusteuerte.

Jetzt rutschte mir das Herz in die Hose. Beschützend hielt ich meine aufgebrachte Frau fest, als der dunkelhäutige Mann plötzlich vor uns stand.

Mutig drohte sie erneut: »Wir werden euch euer Geschäft weiter versauen, wenn wir nicht unser ganzes Geld zurückbekommen!«

Nach dieser erneuten Drohung befürchtete ich, dass er gleich sein Messer zücken würde, und zog meine Frau energisch zurück.

Irgendetwas jedoch musste den Mann überzeugt haben, dass die verbale Attacke meiner Frau ernst gemeint war. Uns Gewalt anzutun, wäre bei den vielen Passanten auf der Brücke für die Männer wohl wenig sinnvoll gewesen. Kurzentschlossen übergab uns der Schnauzbärtige zwei letzte 500-Forint-Scheine, schleuderte meiner besseren Hälfte eine Reihe von Schimpfwörtern entgegen und verschwand laut vor sich hin fluchend zwischen den Passanten.

Wir schauten uns an. Mit diesen beiden Scheinen hatten wir sogar einiges mehr als die versprochene Tauschsumme in der Tasche.

Die Erleichterung war unbeschreiblich und unsere Angst wurde von einem lauten Freudenschrei abgelöst. Leichtfüßig schwebten wir über die Brücke zurück zu unserem Auto. Jetzt war auch ich beruhigt und steuerte mit neuem Tatendrang den kleinen roten Trabi an das große ungarische Meer.

Fertöd

August 1989. Das volkseigene Unternehmen meiner besseren Hälfte hatte uns wieder einmal einen Ungarnurlaub ermöglicht und unsere zwei Wochen im Ferienheim am *Balaton* näherten sich langsam dem Ende zu.

Unsere elfjährige Tochter hatte jedoch noch einige Ferientage vor sich und da unser Visum noch nicht abgelaufen war, beschlossen wir, eine Tour um den westlichen Teil des *Balatons* bis nach *Sopron* zu machen.

Munter knatterte meine kleine rote Rennpappe entlang der österreichischen Grenze bis an den Neusiedler See, um gleich hinter dem kleinen Ort *Balf* nach *Sopron* abzubiegen. Dieses reizende alte K & K-Städtchen liegt dicht an der Grenze zu Österreich und da es Freitag war, tummelten sich auffällig viele Österreicher in den Altstadtgassen. Sie kamen vorwiegend zum Shoppen hierher und blieben häufig ein bis zwei Nächte in dieser Gegend, denn die Kaufkraft des Schillings vergrößerte ihr ungarisches Budget um ein Vielfaches.

Ich hatte zwar keinen Schilling in der Tasche, aber einige Forint als Reserve – und dieses kleine Finanzpolster ermöglichte es uns, etwas vom Hauch der großen weiten Welt zu schnuppern. Das Flair dieses Städtchens, der Wiener Charme und nicht zuletzt das köstliche Eis beförderten unseren Entschluss, hier ein wenig zu verweilen.

Eine Übernachtung würde kein Problem sein, denn schon im weiten Umkreis von Sopron waren mir beim Durchfahren der kleinen Dörfer die vielen Schilder mit der Aufschrift *»Zimmer frei«* aufgefallen. Also konnten wir uns mit dem Suchen eines Nachtquartiers Zeit nehmen, ließen uns bummelnd treiben, bewunderten historische Fassaden oder durchstöberten die Auslagen kleiner Geschäfte. Irgendwann merkten wir am Quengeln unserer Tochter, dass der sommerliche Nachmittag entschlossen war, sich zu verabschieden. Bevor dies auch die Sonne tat, war es Zeit, auf Zimmersuche zu gehen.

Die Entscheidung war richtig, kam aber zu spät. Sämtliche *»Zimmer frei«*-Schilder in der Innenstadt waren umgedreht und wiesen schlicht auf die Belegung der Quartiere hin. Was nun? Der Abend rückte in greifbare Nähe, was man von einer Unterkunft nicht behaupten konnte. Mir fielen letztlich die kleinen Dörfer des Umlandes ein, aus denen mir die vielen einladenden Hinweise auf freie Zimmer in guter Erinnerung waren.

Nicht lange fackelnd bestiegen wir unseren kleinen roten Trabi und düsten in das erstbeste Dorf hinter der Stadt.

Irgendetwas aber musste sich gegen uns verschworen haben, denn von jedem Häuschen in diesem Nest höhnte uns ein *»Belegt«* entgegen. Auch in den nachfolgenden Dörfern dasselbe Dilemma. Der Trabi tuckerte mit uns weiter und weiter in das Landesinnere und entfernte sich dabei mehr und mehr von Sopron. Die Dämmerung kam und mit ihr verflüchtigte sich allmählich meine Orientierung. Es dauerte nicht lange, bis sich völlige Dunkelheit um uns herum ausbreitete und wir ziellos – ohne ein

Hinweisschild auf irgendeiner Landstraße – entmutigt der Nacht entgegenfuhren.

Plötzlich erschien im Kegel meines Scheinwerferlichtes ein Ortsschild mit der Aufschrift *»Fertöd«.* Hoffnungsvoll folgten ich der schwach erleuchteten Straße, die schnurgerade ins Dorfinnere führte, bis wir vor einer Dorfkneipe eine Gruppe von Männern stehen sahen, die sich lautstark unterhielten.

Erleichtert brachte ich die Pappe zum Stehen. Meine Tochter, die auf der Rückbank eingeschlafen war, erwachte, als meine Frau die Tür aufriss und auf die Gruppe der Männer zustürzte, um sie nach einer Unterkunft zu fragen. Als sie zurückkam, berichtete sie mir, dass hier in der Nähe ein altes Schloss sei, dort sollten wir hinfahren und am Schlosstor solle es einen Nachtpförtner geben, der uns vielleicht weiterhelfen könne.

Neuen Mut schöpfend tauchten wir mit unserem kleinen Roten weiter in die Nacht ein. Die dunkle Straße entlangfahrend, endete diese plötzlich vor einem großen schmiedeeisernen Parktor. Weiter ging es nicht, also parkte ich unter einem großen alten Baum vor dem Tor. Unsere Tochter bereitete sich auf der Rückbank für die Nachtruhe vor, während wir beide hoffnungsvoll an der Türglocke schellten, bis sich im Pförtnerhäuschen etwas zu bewegen schien und nach geraumer Zeit ein alter Mann an das Tor kam. Offensichtlich der Nachtwächter. Da er wenig deutsch sprach, versuchten wir mit umständlichen Gesten nach einem Nachtquartier zu fragen.

Er faselte etwas von »Chef« und »mitkommen«, während er behäbig das Tor aufschloss, herauskam, die große

Tür wieder sorgfältig von außen verriegelte und uns winkte, ihm zu folgen.

Wir stolperten eine längere Zeit durch einen dunklen Park und es kam mir wie eine Ewigkeit vor, bis wir endlich die erleuchteten Fenster eines langen flachen Gebäudes sahen. Aus der offenen Tür drang erheblicher Lärm, der nicht so recht in diese nächtliche Abgeschiedenheit passte.

Der alte Mann zog uns in das Innere dieses merkwürdigen Gebäudes, das sich als eine Art Sportlerklause herausstellte. Durch die uns entgegenschlagende Dunstglocke konnte man eine dichte Traube lautstarker alkoholisierter Männer wahrnehmen, die weinselig aufeinander einredeten.

War das hier die Endstation? Unsere Tochter im Trabi schlafend vor einem nächtlichen Parktor, wir beide müde, hungrig und ohne die Aussicht auf eine Herberge? Wie gelähmt stolperten wir dem Parkwächter hinterher. Am Tresen zeigte er auf einen Mann, stellte ihn als Direktor vor und verschwand wieder durch die Tür in der Nacht. Der als Direktor bezeichnete Mann sprach, wenn auch leicht angetrunken, sehr gut deutsch und so war auch unsere erste Frage die nach einem Nachtquartier.

Er winkte beruhigend ab und meinte, das würde sich schon finden. Stattdessen lud er uns erst einmal zu einem Glas Wein ein. Auch wenn sich mir fast der Magen umdrehte, war gegenüber dieser offenherzigen Gastfreundschaft eine Ablehnung undenkbar und so ließen wir uns darauf ein.

Beim zweiten Glas verriet er uns, dass er in Deutschland bei der ungarischen Botschaft beschäftigt gewesen sei – daher also seine guten Sprachkenntnisse.

Die fatale Wirkung des Weines blieb nicht aus und trotz meiner Benommenheit ging mir meine allein zurückgelassene Tochter nicht aus dem Kopf und ich nutzte sie jetzt als Vorwand, um unseren Gastgeber zum Gehen zu animieren. Als er dies endlich tat, hakte ich meine Frau unter und wir torkelten unserem Fremdenführer hinterher nach draußen. Zu dritt ging es durch den nächtlichen Park zurück bis an das reich verzierte schmiedeeiserne Tor. Unser Gastgeber lotste mich durch eine separate Zufahrt in die mit einem hohen Zaun versehene Parkanlage. In der Dunkelheit kaum sichtbar, landete ich vor einem großen alten Bauwerk und genau hier sollte ich den kleinen Roten abstellen und ihm folgen.

Während ich mit dem Parken auf dem Kiesweg beschäftigt war, verschwand der Herr Direktor mit Weib und Kind durch eine große eiserne Tür in das Innere eines offensichtlich alten Kastells. Geraume Zeit später betrat auch ich diesen Bau, quälte mich über die Treppe nach oben und gelangte in einen breiten hell erleuchteten Flur, von dem mehrere hintereinander liegende Räume abgingen. Diese waren mit allem ausgestattet, was zu einem komfortablen Hotelzimmer gehört. Aus einem dieser Zimmer konnte ich bereits die Stimmen meiner beiden Frauen deutlich wahrnehmen und ging schnurstracks auf die offen stehende Tür zu. Meine Tochter rief mir schon aufgeregt entgegen: »Papa, Papa, schau mal! Hier können wir schlafen!«, und damit war sie auch schon dabei, sich häuslich einzurichten.

Nicht mehr ganz anwesend registrierte ich, dass wir uns im Inneren eines alten Schlosses befanden und der Herr Direktor musste demzufolge der Schlossherr sein.

Meiner besseren Hälfte und mir blieb jedoch keine Zeit, diesen Umstand gebührend zur Kenntnis zu nehmen, denn der Herr des Hauses drängte uns, mit ihm auf einen Schluck in sein Büro zu kommen. Halb betrunken, hungrig und ausgelaugt folgten wir ihm die Treppe nach unten, wo er auf halber Höhe eine alte Tür öffnete und uns hineinbat. Erschöpft fielen wir auf die beiden Stühle vor seinem Schreibtisch, während er sich hinter diesen setzte und in den neben ihm stehenden Papierkorb griff, um daraus eine angebrochene Flasche *Palinka* hervorzuzaubern. Für diesen hochprozentigen Pfirsichschnaps holte er aus dem Schreibtisch Weingläser und stieß damit auf unser gemeinsames Wohl an.

Jetzt war mir alles egal. Vor uns lag eine Nacht im Schloss, der Morgen war noch weit und so plauderten wir fröhlich mit dem Schlossherrn, handelten einen Freundschaftspreis für die Übernachtung aus und bedankten uns schon einmal bei ihm für die großzügige Gastfreundschaft.

Wie sich letztlich herausstellte, befanden wir uns im *Schloss Esterhazy* und unser Gastgeber war tatsächlich der Direktor dieses Schlosses. Glücklicherweise verfügte unser Schlossherr über keine neue Flasche mehr, als wir uns von ihm verabschiedeten. Für den kommenden Tag lud er uns jedoch zu einer ganz privaten Schlossbesichtigung ein, die wir hocherfreut annahmen.

Volltrunken, aber glücklich wankten wir – uns gegenseitig stützend – auf der Treppe nach oben zu unserer Tochter. Mein Magen hing betäubt in den Kniekehlen und allein der Gedanke an die ungarische Salami in unserem Koffer weitete sich zur Fata Morgana aus.

Als ich schwankend die Tür zu unserem Schlafgemach öffnete, traute ich meinen Augen nicht: Unsere Tochter hatte für uns ein »Dinner« vorbereitet. Der kleine Tisch an der linken Zimmerwand war bunt gedeckt und lud uns förmlich zum Festschmaus ein. Vorausahnend, dass wir vor Hunger fast umfielen, hatte sie alle Vorräte aus Koffer und Tasche hervorgeholt und kunstvoll aufgetischt. Alles war vorhanden. Weißbrot war von ihr mundgerecht zerteilt worden und mit geviertelten Tomaten verziert. Mangels Geschirr und Servietten hatte sie sich einfach mit Klopapier beholfen. Die Frage, wie sie Scheiben von einer ganzen ungarischen Salami ohne Messer abgeschnitten hatte, war schnell geklärt: Aus meiner Rasiertasche hatte sie sich eine Klinge entnommen und diese als Messer benutzt. Wie gut, dass ich nicht dabei war, ich hätte es vermutlich für zu gefährlich gehalten.

Fröhlich und ohne die geringste Verletzung strahlte sie über das ganze Gesicht und forderte uns zum Essen auf. So gut hat uns wohl nie wieder eine ungarische Salami geschmeckt! Aus Zahnputzgläsern tranken wir dazu ein wenig von unserem am Balaton erworbenen *Muskateller* und langsam merkte ich, wie sich ein Gefühl von Zufriedenheit in mir ausbreitete. Satt und glücklich fielen wir schließlich ins Bett und schliefen noch vor unserer Tochter ein.

Lautes Vogelgezwitscher unterbrach am folgenden Morgen unseren todesähnlichen Schlaf. Das Zimmer lag noch im Halbdunkel und lediglich durch die Schlitze der überdimensionalen Fensterläden ahnte ich, dass draußen bereits die Sonne schien.

Mühsam überwand ich meinen inneren Schweinhund, rollte mich aus dem Bett und versuchte, die gewaltigen Fensterläden zu öffnen. Geblendet kniff ich erst einmal die Augen zu, um sie dann aber umso schneller wieder zu öffnen. Der Ausblick, der sich mir jetzt darbot, war traumhaft!

»Oh, ich glaub es nicht!«, rief ich in den Morgen und beugte mich über das kunstvoll verzierte Geländer. »Komm und sieh dir das an!« Damit animierte ich meine Frau, ihr fürstliches Schlafgemach doch auch endlich zu verlassen.

Als sie wenig später neben mir stand, legte ich den Arm um sie – und ohne ein Wort ließen wir das vor uns liegende Panorama auf uns wirken. Das wunderbar symmetrisch angelegte Parkgelände des Schlosses lag uns ganz allein zu Füßen. Der Tau auf den kunstvoll zu Mustern verzierten Blumenrabatten flimmerte in der Morgensonne. Dazwischen das Ockergelb der Parkwege, die von gestutzten Hecken eingerahmt schnurgerade zum Ausgang führten. Kein Mensch war weit und breit zu sehen, allein die Vögel übertönten die Stille mit ihrem morgendlichen Wettgesang.

Mein Blick streifte über den breiten Kiesweg, der wie ein gelber Rollteppich auf das Schloss zuführte, und fixierte plötzlich einen Punkt unterhalb unseres Fensters. Ich stieß meine bessere Hälfte an und wie gebannt starrten wir beide nach unten. Dort auf dem gelbem Untergrund stand unsere rote Rennpappe leuchtend in der Morgensonne.